Troya ve İlyad

Bilgin Adalı (11 Aralık 1944, Safranbolu - 29 Eylül 2012, Antalya) AÜ Siyasal Bilgiler Fakültesi Basın Yayın Yüksek Okulu'nda radyo ve televizyon programcılığı konusunda öğrenim gördü. 1968-1976 yılları arasında TRT Ankara Televizyonu'nda belgesel filmler, kültür ve sanat programları, çocuk ve gençlik programları hazırladı. 1973'te Türk Dil Kurumu üyeliğine seçildi. 1976'da Dokuz Eylül Üniversitesi GSF Sinema TV Bölümü'nde öğretim görevlisi, daha sonra bölüm başkanı oldu. 1984'te, üniversiteden ayrılarak İstanbul'da reklam yazarlığı, yaratıcı yönetmenlik yaptı. Toplu Şiirleri *Eskimeyen Yüreğim* (2011) YKY tarafından yayımlandı. Çocuklar için pek çok kitap yazdı.

Mustafa Delioğlu 1946 Erzincan doğumlu. Çocuk kitapları resimlemede kendi tarzını geliştirdi ve 1975'ten bu yana severek okunan bin kadar çocuk kitabına renk ve çizgileriyle güzellik, sevimlilik kattı. Çalışmaları ülke dışında da ilgi gören Delioğlu, kişisel resim sergileri açtı, karma sergilere katıldı. YKY için birçok kitabı ve bu arada Tahir Alangu'nun üç masal kitabını resimledi.

Bilgin Adalı'nın
YKY'deki kitapları:

Eskimeyen Yüreğim - Toplu Şiirler ve
Yeni Şiirler (1977-2007) *(2011)*

Doğan Kardeş:
Gılgamış Destanı - Gençler İçin *(2009)*
Argo Gemicilerinin Destanı / Rodoslu Apollonios *(2009)*
Kral Arthur, Merlin ve Yuvarlak
Masa Şövalyeleri / Sir Thomas Malory *(2010)*
Meraklı Karınca Cimcim'in Serüvenleri *(2011)*
Meraklı Karınca Cimcim Yollarda *(2011)*
Arkadaşım Papi *(2011)*
Robin Hood *(2012)*
Oğuz Kağan Destanı *(2012)*
Mavi Gezegenin İlk İnsanları *(2012)*
Benekli *(2012)*
Çanakkale Destanı *(2012)*
Kanatlı Kirpiyle Uçan Kaplumbağa *(2013)*
Bencil Dev - Nar Tanesi *(2013)*
Barış Çocuk - Atatürk'le Kurtuluş Savaşı'nda *(2014)*
Odysseia Destanı *(2014)*
Troya Savaşı ve İlyada Destanı *(2014)*

BİLGİN ADALI

Troya Savaşı ve İlyada Destanı

Resimleyen
Mustafa Delioğlu

Yapı Kredi Yayınları

Yapı Kredi Yayınları - 4251
Doğan Kardeş - 609

Troya Savaşı ve İlyada Destanı / Bilgin Adalı
Resimleyen: Mustafa Delioğlu

Kitap editörü: Devrim Çakır
Düzelti: Filiz Özkan

Grafik uygulama: Gülçin Erol Kemahlıoğlu

Baskı: Pasifik Ofset Ltd. Şti.
Cihangir Mah. Güvercin Cad. No: 3/1
Baha İş Merkezi A Blok Haramidere - Avcılar / İstanbul
Telefon: (0 212) 412 17 77
Sertifika No: 12027

1. baskı: Büyülü Fener, Mayıs 2005
YKY'de 1. baskı: İstanbul, Ekim 2014
ISBN 978-975-08-3064-8

Yapı Kredi Kültür Sanat Yayıncılık Ticaret ve Sanayi A.Ş.
İstiklal Caddesi No: 142 Odakule İş Merkezi Kat: 3 Beyoğlu 34430 İstanbul
Telefon: (0 212) 252 47 00 (pbx) Faks: (0 212) 293 07 23
http://www.ykykultur.com.tr
e-posta: ykykultur@ykykultur.com.tr
İnternet satış adresi: http://alisveris.yapikredi.com.tr

İÇİNDEKİLER

Önsöz

İlyada'yı yazan Homeros, Anadolulu bir büyük ozan. Ege yöremizde, yaklaşık üç bin yıl kadar önce yaşamış. İki büyük yapıtı var günümüze ulaşan: *İlyada* ve *Odysseia*...

Homeros'un yazdıklarına çağlar boyunca başka yazarlar da bir şeyler eklemiş. Değiştirmişler, geliştirmişler onun yazdıklarını. Sonunda bu iki destan, günümüze kadar gelmiş.

İlyada'da, bugün bizim Çanakkale diye adlandırdığımız yörede, Hisarlık'ta bulunan, çok eski, çok görkemli bir kent olan Troya'da yaşanmış büyük bir savaşın öyküsü anlatılır. Tam on yıl sürmüş bu savaş. Homeros'un anlattığı yalnızca onuncu yılı savaşın. Onun anlattığı öykünün öncesini ve sonrasını başka kaynaklardan, başka yazarların yazdıklarından, çeşitli söylencelerden ve efsanelerden öğreniyoruz.

Bu kitaba, Homeros'un anlattığı öykünün, *İlyada*'da bulunmayan başını ve sonunu da ekledim. Böylece, çeşitli anlatılarda parça parça yer alan Troya efsanesinin tümü bir kitapta toplanmış oldu.

Homeros *İlyada*'da, geldikleri kente ya da yöreye göre adlandırır kahramanları, Dardanoslular, Argoslar, Lykialılar, der. Yalınlaştırmak amacıyla yalnızca savaşın iki esas tarafı olan Troyalılar ve Akhaları kullandım. Şehir krallarını komutan olarak andım. İki kral var bu kitapta: Troya Kralı Priamos ile Miken ve Argos Kralı Agamemnon. Bir de tanrıların kralı Zeus elbette.

Destan boyunca, bir yığın ayrıntı verir Homeros; savaşta karşı karşıya gelen yiğitlerin bir tür soy kütüğünü çıkarır, özgeçmişlerini anlatır. Öykünün akışını etkilemeyen bu bölümleri tümüyle çıkardım metinden. Ağırlıklı olarak, baş kişilerle ilgili olayları aldım. Yaklaşık 16.000 dizelik bir destan 2000 dizeye inemezdi başka türlü.

Son bir not: Kahramanları çoğu kez babalarının adıyla anar Homeros, Atreusoğlu Agamemnon, Priamosoğlu Hektor diye... Gerekli yerlerde akrabalık ilişkilerini belirterek metindeki bu baba adlarını da kaldırdım.

Homeros, *İlyada*'yı şiir diliyle, yani manzum olarak yazmış. İnsan koca Homeros'un yazdıklarıyla boy ölçüşebilir mi? Ölçüşemez elbette. Ama bu işi onun kadar iyi beceremesem bile, böyle bir destan ancak şiir diliyle yazılırsa güzel olur, diye düşündüm. Başka türlü nasıl anlatılabilir ki Homeros'un deyişiyle, "gül parmaklı şafak"ın doğuşu? Onun için, şiir diliyle yazmayı denedim. İyi mi, kötü mü olduğuna siz sevgili okuyucular karar vereceksiniz.

Kaynak metin olarak Azra Erhat ve A. Kadir'in Türkçe (Can Yayınları), Samuel Butler'ın ve Thomas Bulfinch'in İngilizce (internet) çevirilerinden yararlandım.

Bu önsözde, son söz de şu: *Troya Savaşı ve İlyada Destanı*, gençler ve çocuklar için hazırlandı. Ama İlyada'nın ve Troya savaşlarına ilişkin anlatılanların tamamını okumaya zaman bulamayan büyükler de zevk alabilirler bu kitaptan.

Binlerce yıl önce yaşanmış büyük bir serüveni yeniden yaşamaya hazır mısınız? Öyleyse, çevirin sayfayı...

Bilgin Adalı

BİRİNCİ BÖLÜM
ÖYKÜLER, SÖYLENCELER

Troya Diye Bir Kent

Çok ama çok eski bir zamanda
ben diyeyim üç bin yıl
siz deyin üç bin beş yüz yıl önce
Troya adıyla bilinen bir kent varmış Anadolu'da,
yeşil Ege'de, deniz kıyısında
bir şehir krallığı...
Pek iyi, pek adil bir kral yönetirmiş Troya'yı
adı Priamos olan ve karısı Hekabe,
halkın sevgilisiymiş ikisi de.
Ticaret yapar, tarımla, hayvancılıkla uğraşırmış
çalışkan Troya halkı.
Çok verimliymiş toprakları,
yemyeşil ekin dolu tarlaları,
sürülerle koyunları, inekleri, atları...
Çok zenginmiş, bolluk içinde
mutlu bir yaşam sürermiş bu kentin insanları.
Kutsanmış bir kentmiş Troya,
Güneş Tanrısı Apollon ile Deniz Tanrısı Poseidon'un
ölümlülerle birlikte çalıştığı,
sırtlarında taş taşıyarak kent kurulurken.

Herakles[1] saldırmış ilk kez bu kutsanmış kente,
kralken Laomedon, Priamos'un babası,
verdiği bir sözde durmadığı için.
Verimli toprakları, çalışkan halkıyla Troya
bir bolluk ülkesi olmuş hep
Laomedon'dan sonra kral olan Priamos
çok güzel yönetmiş ülkesini, halkını;
zamanı gelince elinde kılıç ve kargı
savunmuş yemyeşil Troya topraklarını.

1 Herakles, Herkül diye biliriz biz onu, Zeus'un bir ölümlüden doğan, yarı tanrı sayılan oğlu. Bundan sonra yeri gelirse, Herkül diye anacağız onu.

Ege'nin Karşı Kıyısı

Ege'nin karşı kıyısı, Akha ülkesi...
Burada da çeşitli kentler varmış,
en ünlüleri, Atina ve Sparta.
O kentlerde de insanlar yaşarmış
işinde, gücünde, kendi halinde.
Ama kıskanırlarmış Akhalar zenginliğini Troya'nın,
sürü sürü hayvanlarını, verimli topraklarını.
Kıskançlık, düşmanlığa dönüşmüş sonunda,
düşmanlık da yıllar süren bir savaşa...
Binmiş teknelere binlerce savaşçı,
kuşatmışlar gelip Troya'yı.
Dost krallar en yiğit savaşçılarıyla
yardıma koşmuş dört bir yandan.
O çağın en güçlü iki ordusu karşı karşıya durmuş,
on yıl süren bir büyük savaş olmuş,
telef olmuş bu savaşta yiğitlerin binlercesi...
Ama durun, her savaş gibi bunun da
var bir öncesi, söylencelerde anlatılan,
pek çok oyuna, öyküye konu olan.
Dilerseniz gelin, oradan başlayalım...

Paris Adlı Bir Prens

Yaşam bolluk içinde sürüp giderken Troya'da,
hamile kalmış Kral Priamos'un karısı güzel Hekabe.
Pek çok oğulları, kızları varmış ama,
her bebek yeni bir mutluluk, yeni bir sevinç demek.
Sevinçle beklerken bebeğin doğumunu
korkunç bir düş görmüş bir gece güzel Hekabe.
Karnından alevler fışkırıyormuş kraliçenin.
Troya'yı yakıp yıkıyormuş alevler
taş üstüne taş bırakmadan.
Biliciler[2] kötüye yormuşlar Hekabe'nin düşünü,
demişler, "Karnındaki bebek getirecek
Troya'nın sonunu. Ondan kurtulman gerek."
Yeni bebeklerinin sevinci
kursağında kalmış Priamos'la Hekabe'nin.
Troya'yı bu bebeğin
felaketinden kurtarmak gerek.

2 Bilici, kâhin, düşleri yorumlayan, gelecekten haber veren kişi. Eskiden insanlar, gördükleri düşlere çok önem verirler, düşlerinden geleceğe ilişkin sonuçlar çıkarırlardı.

Doğunca bebek, bir çobana vermişler,
götürüp bıraksın diye
İda Dağı'nın[3] eteklerine.
Yabanıl bir ortamda ne yapabilir ki
bir küçücük bebek tek başına,
kurda kuşa yem olmaktan başka?

Onlar böyle düşünse de,
başka türlü gerçekleşmiş olay.
Kıyamamış çoban bebeği bırakmaya,
yapayalnız, ıssız bir dağ başında.
Kendisinin de çocuğu yokmuş ya,
evlat edinmiş bebeği, Paris adını vermiş ona.
Bir çoban çocuğu olmuş,
sürülerin peşinde koşmuş Paris, İda Dağı'nda.
Yakışıklı bir genç olmuş, güçlü kuvvetli.
Bir çoban olur mu kral çocuğundan?
Olmuş işte, bir prens olduğunu bilmeden,
gütmüş koyun sürülerini Paris,
doğrusu çok mutluymuş,
hiç yakınmazmış yaşamından.

3 İda Dağı, Edremit Körfezi'nin kuzeyinde bulunan Kazdağı'nın eski çağlardaki adı.

Tanrıçaların Yarışması

Eski zamanda tanrılar ve tanrıçalar[4],
Olympos Dağı'nda[5] yaşarlar,
oradan yönetirlermiş tüm dünyayı.
Ara sıra kavga da eder, insanlar gibi
çekişirlermiş kendi aralarında.
Eski Anadolu tanrılarının güzelliği de burada.
Yokmuş insanlardan farkı onların,
tanrısal güçleri ve ölümsüz olmalarından başka.
Bir şölen düzenlenmiş bir gün Olympos'ta,
tüm tanrılar, tanrıçalar çağırılmış ama
unutulmuş biri, olur ya, gözden kaçıvermiş
Arabozucu Tanrıça Eris...
Eris'in görevi arabozuculuk yapmak,
tanrılarla tanrıçalar arasında sorun yaratmak.
Unutulmuş ya şölene çağırılmayı,
hıncını almak için ille bir sorun yaratacak...
Çıkagelmiş şölene elinde bir altın elmayla,
üstünde "En güzel tanrıçaya" yazılı
gönülçelen, ışıl ışıl bir armağan.
Zeus'un karısı Hera, kızları Aşk Tanrıçası Afrodit
ve Erdem Tanrıçası Athena

4 Eski kültürlerde insanlar, birden çok tanrıya ve tanrıçaya inanırlardı. Yeri geldikçe tanıtılacak tanrılar ve tanrıçalar bu kitapta.
5 Olympos adıyla bilinen birkaç dağ vardır Anadolu'da. Ama anlatılanlara en uygun olan, Bursa'daki Uludağ'dır.

atılmışlar hemen, “En güzel benim!” diye,
almak istemişler altın elmayı.
Üç aday birden çıkınca ortaya,
üç güzel tanrıça kapışınca böyle, sormuşlar Zeus'a:
“Sen söyle koca tanrı, bu elma kimin hakkı?”
Birine verse elmayı Zeus, ötekiler kırılacak,
üç tanrıçadan ikisi kendine düşman olacak.
Zaten buymuş amacı Arabozucu Tanrıça Eris'in,
şölene çağrılmadı ya, kargaşa yaratacak,
intikamını böyle alacak tüm tanrılardan.
Sıkılmış Zeus bu çekişmeden, bağırmış:
“Gidin bir insana sorun hanginiz daha güzel,
bulun bir ölümlüyü, son kararı o versin,
bu çekişme artık bitsin!”

Koca Zeus böylece kurtulmuş yapacağı seçimin
getireceği sıkıntılardan, dertlerden.
Hiç gelmemiş aklına,
yapacağı seçimle insanoğlu,
daha büyük dertler açacak başına...

Paris'in Seçimi

Olympos'tan inmiş üç güzel tanrıça.
Geçerken İda Dağı'nın üzerinden
koyunlarını otlatan Paris'i görmüşler.
Eris'in altın elmasını uzatıp ona,
"Sen seçeceksin" demişler,
"İçimizde en güzel olanı."
Her biri, kendince bir ödül önermiş Paris'e
kendini seçsin diye.
"Yeryüzünün en güçlü ordularını,
en korkusuz savaşçılarını veririm emrine"
demiş Hera, "Beni seçersen eğer."
"Benim sana armağanım,
sonsuz bir bilgelik ve erdem" demiş Athena.
"Yeryüzündeki en güzel kadının
aşkını vereceğim sana" demiş Afrodit
"Beni seçersen eğer."
Uzun uzun düşünmüş Paris.
Tanrıçaların üçü de birbirinden güzel,
armağanların üçü de birbirinden değerli,
başka türlü düşünse de kafası,
söz dinlememiş yüreği,
en güzel kadını almak istemiş ödül olarak,
Afrodit'e uzatmış Paris elindeki altın elmayı.
Bir sevinç çığlığı atmış Afrodit,

"Senin olacak!" diye bağırmış,
"Dünyanın en güzel kadını!"
"Yanlış seçim yaptın evlat"
diye homurdanmış Hera,
"Sonunda bulacaksın belanı..."
Tanrıçalar ayrılmış ya İda Dağı'ndan,
bir dosta karşılık iki düşman kazanan
Paris de duramamış artık oralarda.
Tanrıçanın kendisine sunduğu armağanı
Yeryüzünün en güzel kadınını bulmak için
sürüsünden ayrılıp Troya'ya gitmiş.
Güzelliği kadar, yiğitliğiyle de ün salmış,
ödüller kazanmış katıldığı yarışmalarda,
herkesi yenmiş ok atmada, kargıda,
kendine bir taht kurmuş Troya halkının gönlünde,
sevilmiş, övülmüş, alkışlanmış Paris.

Bir gün nasılsa anlaşılmış Paris'in kim olduğu.
Öldü sandıkları oğullarını bulunca karşılarında
böylesine yiğit ve yakışıklı,
o eski düşü unutmuş hemen Priamos ve Hekabe,
sarılmışlar yeniden kavuştukları oğullarına.
Analık ve babalık bu değil mi,
bir gülmüşler, bir ağlamışlar Paris'e sarılıp
sonsuz bir mutluluk yaşamışlar.
Kim yaşamaz ki yavrusuna kavuşunca?

Paris'in Helena'ya Aşkı

Troya'nın her şeyi seferber edilmiş Paris'in uğruna.
Gemiler donatılmış, tahıllar, zeytinyağı ve şarap
doldurulmuş gemilerin ambarlarına.
Ege'ye yelken açacak Paris, ticaret yapacak.
Ama başka asıl amacı, aklında tek şey var şimdi,
Afrodit'in söz verdiği o dünya güzelini bulacak,
kendine eş alacak...

Uğradığı her limanda,
gittiği her kentte o güzeli aramış Paris.
Sonunda bulmuş onu karşı kıyıda,
Akhaların ünlü kenti Sparta'da.
Güzel Helena'ymış adı,
gerçekten de söylediği gibi Afrodit'in,
yeryüzündeki kadınların en güzeli,
ama evli bir kadın,
kocası Menelaos, güçlü Sparta kralı...
Güzeller güzeli Helena ve yakışıklı Paris,
ilk görüşte âşık olmuşlar deliler gibi.
Aşkın gözü kördür derler ya,
yeryüzünün en büyük aşkı yeşermiş yüreklerinde,
öyküsü bugün bile dillerde.

Gözü görmemiş hiçbir şeyi Helena'nın
Paris'e duyduğu aşktan başka.
Paris sarılmış Helena'nın beline,
kaçırıp yurdu Troya'ya götürmüş onu da,
sonradan olacakları hiç düşünmeden.
İşte kıyamet bundan sonra kopmuş...
Paris'in gemileri yaklaşırken Troya kentine
Menelaos öfkeden kudurmuş yemin etmiş kendi kendine,
"Bunun öcünü mutlaka alacağım!" diye.

Menelaos'un Öfkesi

Daha önce de saldıranlar olmuş Troya ülkesine,
ama öylesine yüksekmiş ki kentin surları,
öylesine hızlı koşarmış ki atları
ve savaşçıları kahramanmış öylesine,
saldırganların hepsi dönmüş gerisingeriye.
"Çok güçlü bir ordu gerek"
diye düşünmüş Menelaos,
"Yenebilmek için Troya'yı."
Hemen koşmuş yardım için
kardeşi Agamemnon'a, ünlü Miken ve Argos Kralı'na.
"Yola çıkalım hemen" demiş Agamemnon,
"Gidelim bütün kentlere, kasabalara,
yelken açalım tüm adalara,
öyle bir ordu toplayalım ki benzeri olmasın,
titresin önünde tüm dünya.
Böyle bir güçle saldıralım Troya'ya,
kalmasın taş üstünde taş, omuz üstünde baş."

Bir sözü varmış Akha krallarının Helena'nın babasına:
Bir kötülük gelirse Helena'nın başına,
birlikte savaşacaklarmış,
birleştirip ordularını.

İşte bu söze güvenmiş Menelaos'la Agamemnon,
çıkıp dolaşmışlar koca Akha'yı,
tam bin gemi doldurmuşlar gözü pek savaşçılarla.
"Ölmek var, dönmek yok bu savaştan,
kimse sağ çıkamayacak Troya'nın surlarından!"
diye bağırmış Agamemnon.
Çekmiş kılıcını Menelaos,
"Gidiyoruz!" diye dolaşmış gemileri,
yelken açmış bin gemi talan etmek için Troya'yı.
Çıkmışlar yola ama, Agamemnon'a öfkeli olan
Tanrıça Artemis kesmiş yelkenlere güç veren rüzgârı,
sallanıp durmuş Akhaların gemileri günlerce
engin denizin ortasında, rüzgârın esmesini beklemiş.
Sonunda bağışlamış Artemis Agamemnon'u,
kendisine adaklar sunulunca,
bırakmış rüzgârın kolunu,
böylece yelken açmış Akhalar Troya'ya doğru...
Yolda bırakmışlar komutanlardan Philoktetes'i,
acılar içinde, bacağından sokunca bir deniz yılanı,
kutsal Tenedos Adası'nda, bir başına,
yanında Herkül'ün yayı ve uçan oklarıyla.
Çok acı çekiyormuş Philoktetes,
kötü bir koku yayılıyormuş yarasından.
Onsuz savaşın kazanılamayacağını
kimse bilmiyormuş daha.
Yeri geldiğinde anlatacağız öykünün burasını da...

Akhalar Troya Önünde

Savaşçılarla dolu gemiler,
Troya önlerine demir atmış teker teker.
Tam bin gemi, dile kolay, on binlerce savaşçı,
korkuyla kente kaçmış Troya halkı,
güvenli, yüksek duvarların gerisine sığınmış
çoluk çocuk, kadın erkek, herkes.
Priamos, Troya Kralı ve karısı Hekabe,
büyük oğulları ünlü yiğit, yenilmez Hektor
ve Paris'le Helena, tüm bunlara neden olan,
duvarların üstünden izliyormuş gelen Akhaları,
demirleyen gemileri, dikilen çadırları ve
kıyıya çıkan ünlü savaşçıları.

Kimler yokmuş ki gelenler arasında!
Atreusoğlu Agamemnon, güçlü Miken Kralı,
yiğit bir savaşçı.
Teselyalı Akhilleus, Akhaların en yiğidi,
Deniz Tanrıçası Tethis'in oğlu.
İşlemezmiş Akhilleus'un gövdesinin hiçbir yerine,
ne mızrak ne de ok, topuğundan başka,
anası tanrıça Tethis yıkadığından beri onu
topuğundan tutup Styks Nehri'nin sularında.
Yiğit Aias, en yiğidi Akhaların Akhilleus'tan sonra.

Pylos Kralı korkusuz Nestor
ve onun yiğit oğlu Antilokhos,
yiğit Odysseus, güçlü İthake Kralı,
Diomedes, Argos Kralı, korkusuz bir kahraman
ve daha nice yiğitler tanrılardan bile korkmayan.
Bu yiğitleri uzaktan görmüş Priamos ve bilmiş,
"Bu çetin bir savaş olacak,
nice yiğidin kanı seller gibi akacak,
karayı ve denizi kızıla boyayacak..."

Kocaman çadırlar kurulup da
savaşçılar yerleşince kıyıya
bir elçi yollamış Agamemnon Troya'ya,
"Boşuna dökülmesin onca yiğidin kanı,
verin bize Paris'le Helena'yı,
çekip gidelim topraklarınızdan."

Bilirmiş bilge Priamos, sözünde durmayacağını
Miken ve Argos Kralı Agamemnon'un,
bilirmiş, gözleri Troya'nın zenginliğinde Akhaların,
bilirmiş, ne yapsa önlenemeyecek savaş,
binlerce yiğidin kanı nasıl olsa akacak.
"Olmaz" demiş elçiye, "Geldiğiniz gibi,
barış içinde gidin. Yoksa savaş kaçınılmaz olacak..."

"Öyleyse" demiş elçi, "Savaş kaçınılmaz olacak.
Sağ kurtulamayacak bu savaştan
hiçbir Troyalı, kadın, erkek, çocuk ya da yaşlı..."
Son söz söylenmiş işte böylece,
böyle ateşlemiş bu amansız savaşı,
Paris'in Helena'ya,
Helena'nın Paris'e aşkı.
Böyle başlarmış işte,
bin yıl sonra bile okunacak bu efsane.

Ve Savaş

Ertesi gün başlamış savaş.
İki taraftaki gözü pek, yiğit savaşçılar,
tam dokuz yıl süreyle, durmadan savaşmışlar.
Nice yiğitler ölmüş iki taraftan da,
nice ocaklar sönmüş,
eşler, analar gözyaşı dökmüş.
Ne Akhalar girebilmiş
Troya'nın duvarlarından içeri,
ne Troyalılar sürüp atabilmişler denize
Akha yiğitleri.
Kimi zaman bir ordu kazanır gibi olmuş,
kimi zaman öteki.
Aradan tam dokuz yıl geçmiş,
Akhalar yılıp gitmemiş Troya'dan,
Troyalılarsa her saldırıya direnmiş.
İki taraftan da civan gibi yiğitler
vurulmuş telef olmuş.

Onuncu yılı başladığında savaşın
Tanrı Apollon'un[6] tapınağındaki rahibin kızı
gül yanaklı Khriseis'i alıp kaçırmış Agamemnon.
Rahip gelmişse de kızını istemeye

6 Zeus'un oğlu, Güneş Tanrısı, Anadolu tanrıları arasında en güçlü ve en saygın tanrılardan biridir.

geri almak için ağırlığınca kurtulmalık[7] vermeye,
hiç oralı olmamış Agamemnon.
El açıp seslenmiş Apollon'a yaşlı rahip,
kurtarsın kızını diye...

İşte tam burada başlıyor,
Homeros'un İlyada Destanı,
tam onuncu yılında bu amansız savaşın.
Buraya kadar biz anlattık derlediğimiz öyküyü
duyduklarımızdan, okuduklarımızdan.
Şimdi söz Homeros'ta,
bakalım o ne eyler,
nasıl anlatır bu savaşı
tüm dünyanın okuduğu
o koskoca *İlyada*'sında...

7 Kurtulmalık, esirleri kurtarma karşılığında verilen değerli eşyalar, para vb. O zamanlar para olmadığına göre, altın, gümüş, silah vb. önermiş olmalı rahip Agamemnon'a.

İKİNCİ BÖLÜM
İLYADA DESTANI

Akhilleus'un Dinmek Bilmeyen Öfkesi

Gül parmaklı şafak uyanıp da
kızıllığıyla aydınlattı ortalığı Troya'da.
Apollon'un yüreği öfkeyle doldu taştı.
Bir Apallon rahibine nasıl yapabilir
bunca saygısızlığı Agamemnon, bir kral bile olsa?
Kendi rahibine yapılmış böyle bir saygısızlığa
karşılık vermez mi güçlü tanrı Apollon?
Çok kötü bir hastalık olan vebayı yolladı hemen
hedefini şaşmayan oklarıyla,
Akha savaşçılarının üstüne, tam dokuz gün on gece
hastalık yağdı gökyüzünden.
Kırıldı Akha askerleri, yüzlercesi öldü.

Biliciler koşup uyardı Agamemnon'u,
kızı vermezse geri, daha pek çok kişi ölecek diye,
"Bu salgını durdurmak, Agamemnon,
yüce kral, yalnız senin elinde..."

Sonunda razı oldu Agamemnon
rahibin kızını geri vermeye,
ama bir koşulu vardı,
karşılığında Akhilleus'un tutsağı olan,
gül yanaklı Khriseis kadar güzel
Briseis'i alacaktı.
Akhilleus çok öfkelendi bu işe,
"Ne biçim kralsın sen?" diye bağırdı
Agamemnon'a savaşçılarının önünde,
"Hem kızdıracaksın Tanrı Apollon'u,
başımıza binbir dert açacaksın,
hem de sen alacaksın sonunda aslan payını!
Böyle açgözlü davranmayı sürdürürsen eğer,
toplar savaşçılarımı binerim gemilerime,
yurduma dönerim gerisingeriye."
Agamemnon bu, koskoca Akha ordusunun
komutanı, güçlü Miken Kralı.
Kalamazdı bu ağır sözlerin altında, o da bağırdı,
"Önünde diz çöküp yalvaracak değilim sana

kalıp da bizimle savaşman için burada.
Komutan benim bu koca orduda,
şimdi aldıracağım Briseis'i çadırıma
ders olsun diye herkese!
Sen de beğenmiyorsan bu kararımı
bindir gemilerine, al git adamlarını!"
Yüreğinden yaraladı
yiğit Akhilleus'u bu aymaz sözler,
"Gün gelip pişman olacaksın bu söylediklerine,
tüm Akhalar yanıp yıkılacaklar" dedi,
"Yanlarında olmadığı için yiğit Akhilleus,
pişman olacaksın bu kararına Agamemnon,
telef olurken savaşçıların
Troyalı yiğit Hektor'un karşısında,
onun sivri uçlu kargısıyla teker teker
kavuşurken Hades'e, ölüler ülkesinin tanrısına."
Dönüp gitti yiğit Akhilleus
son sözünü söyledikten sonra.

Dediğini aynen yaptı Agamemnon,
adamlarını gönderip Briseis'i çadırına aldırdı,
yüreği yanık Akhilleus indi deniz kıyısına,
çağırdı sevgili anasını yardımına.
Deniz Tanrıçası Tethis'ti Akhilleus'un anası.

"Anacığım" dedi ona Akhilleus,
"Bir ders vermek gerek bu Agamemnon'a,
hesabını sormak gerek bana yaptıklarının.
Öyle bir ders olmalı ki bu,
kırılmalı savaşçıları Troya'nın önünde,
Agamemnon anlamalı kim olduğunu
yeryüzünün en büyük savaşçısının,
gelip bana yalvarmalı
savaş meydanına dönmem için."
"Canım oğul" dedi Tethis bütün bunları duyunca,
"Şimdi gider yalvarırım tanrıların kralı Zeus'a,
Olympos'un doruğunda, anlatırım ona olanı biteni,
koca Zeus mutlaka sağlayacaktır yeniden
buradaki düzeni, yardımcı olacaktır sana,
Agamemnon'a bir ders vermen için."

Zeus'un Adaleti

"Ey şimşekleri savuran, yıldırımları yağdıran Zeus"
diye başladı söze Tethis,
sarılıp tanrıların kralı Zeus'un dizlerine
anlattı olanları bir bir bir.
"Onuru kırıldı biricik oğlumun.
Yardım et ona ki bilsin Akhalar
içlerinde Agamemnon'dan büyük kahramanlar var.
Biliyorsun kısacık bir ömrü var oğlumun,
ama adı yaşasın dünya durdukça.
Savaşı kazanmaya başlasın Troyalılar,
Akhalar yalvarıp çağırsınlar oğlumu
savaş meydanına,
anlasınlar ki olmadan Akhilleus,
hiçbir şey yapamazlar Troya karşısında."
"Ah!" dedi koca Zeus,
"Ben açtım bu işleri başımıza,
o güzellik yarışmasıyla.
Şimdi karışırsam bu savaşa da
Hera iyice kızacak bana.
Hele git, kaybol ortalıktan Tethis,
öfkeli zaten Hera,
arka çıkıyorum diye Troyalılara,

bilmem ki nasıl çözülecek bu iş.
Elbet bulacağım bir yolunu, merak etme hiç...
Bana çok kızacak olsa da Hera,
Akhilleus savaştan uzak durdukça,
bir adım bile ilerleyemeyecek
Akhalar bu savaşta."

Agamemnon Bir Düş Görüyor

Gece bastırınca,
tanrılar ve insanlar çekildiler uykuya.
Bir tek Zeus giremedi
uykunun yumuşak koynuna.
Oturup düşündü uzun uzun
kurtarmak için onurunu kahraman Akhilleus'un.
Sonunda buldu Zeus
Akhalara ders vermenin yolunu
Agamemnon'a bir düş[8] gönderdi.
Ölümsüz uykunun koynunda
buldu düş Agamemnon'u,
çok saydığı Nestor'un kılığına bürünüp
büyük bir zaferin muştusunu verdi:
"Uyumanın sırası değil şimdi kalk uyan,
zırhını, silahlarını kuşan,
Zeus'tan haber var sana,
bugün alacaksın Troya kentini,
tanrılar yardımcın olacak bu savaşta,
git kaldır askerlerini."
Şafak gösterirken gül yüzünü, uyandı Agamemnon,
fırlayıp yatağından giyindi en güzel giysilerini,

8 Dememiş miydik o zamanlar düşlerin çok önemli olduğunu, insanların gelecekteki olaylar konusunda düşlerden medet umduğunu...

kuşandı gümüş kakmalı kılıcını,
çağırıp bir araya topladı komutanlarını.
“Dostlarım dinleyin beni” dedi,
“Uykumda bana tanrısal bir düş geldi,
Zeus’un zafer müjdesini verdi
tıpatıp Nestor’un kılığına bürünmüş bir haberci.
Şimdi çağırın tüm askerleri,
sınayacağım önce onları
çok kürekli gemileriyle kaçmalarını buyuracağım,
sizler yakarırsınız gitmesinler diye.”
Böylece komutanlar çağırdılar tüm Akha erlerini.
Bir arı kovanı gibi uğulduyordu toplandıkları alan.
Agamemnon onlara şöyle seslendi:
“Ey Savaş Tanrısı Ares’in yiğit kulları,
kahraman savaşçılar, görüyorsunuz,
tanrıların babası Zeus başıma ne işler açtı.
Şu kentin içindeki Troyalılardan
sayıca daha çok buradaki yiğit Akhalar,
yine de boşuna savaştık onca zamandır.
Dokuz yıldır buradayız,
gemilerimiz çürümeye başladı,
haydi binelim gemilerimize, yurdumuza dönelim,
Troya’yı almak artık bir hayal oldu.”
Bu sözleri duyan savaşçılar

gemilere dolmaya başladılar sevinçle.
Akıllı Odysseus kesti önlerini, durdurdu onları,
teker teker uyardı her birini
şimdi gitme zamanı değil diye,
"Kalın burada" dedi hepsine,
"Priamos'un kentini alana kadar.
Yiğitlere bu yaraşır ancak."
Akha savaşçıları dönüp toplandılar
Agamemnon'un çevresinde,
yüreklerinde savaş coşkusu.
"Gidin iyice doyurun karnınızı,
bileyin kılıçlarınızı, kargılarınızı,
hazır edin kalkanlarınızı, savaş arabalarınızı
çevik ayaklı atlarınızı doyurun,
büyük savaşa hazır olun.
Gecenin karanlığı aramıza girene kadar
savaşacağız bugün,
gece olmadan, Priamos'un kentini alacağız."
İşte böyle seslendi onlara Agamemnon.
Sevinç naraları attı coşkuyla Akhalar,
gidip karınlarını bir güzel doyurdular,
tanrılara yakardılar zafere ulaşmak için,
savaşa coşkuyla hazırlandılar.
Sonunda akıllı Nestor

Agamemnon'a seslendi ve dedi ki:
"Yeter artık gevezelik ve eğlence,
yolla habercilerini, toparla askerleri,
savaş düzeni alıp hemen uyandıralım
Savaş Tanrısı Ares'i."
Ve Agamemnon onu dinledi, yolladı habercileri.
Toplanıp savaş düzeni aldı Akha savaşçıları,
Troyalıları yok etmek hırsıyla doldurdular ovayı
denizdeki çakıllar kadar çoktu sayıları,
başlarında, hepsi birbirinden yiğit komutanlar,
yeri titretiyordu güçlü adımları.

Onlar hazırlanırken böyle, uçarak geldi
Gökkuşağı Tanrıçası, tanrıların habercisi İris,
Zeus'tan haber getirdi Troyalılara,
uyardı onları düşman konusunda,
"Geliyorlar" dedi, "Ormandaki yapraklar kadar
kalabalık Agamemnon'un askerleri.
Hiç görmedim bugüne değin böyle güçlü bir ordu.
Sana söylüyorum Hektor, yap dediğimi,
topla Troyalıları ve yardım için
komşu illerden gelen tüm yiğitleri.
Kur artık savaş düzenini."
Hektor, sözünü dinledi tanrıçanın,

yayalar, atlılar, silahlarını kuşanıp tüm ordu,
kentin önüne dizildiler,
başlarında yiğit Hektor.
Fırlatmak için kargılarını düşmana,
sabırsızlıkla beklemeye durdular.

Paris'in Meydan Okuması

Dizildi ovaya karşılıklı iki ordu,
başlarında komutanları,
Troyalılar yürüdüler gökteki kuşlar gibi
çığlıklar atarak,
öfkeli ama suskun yürüyordu Akhalar.
Bir sis gibi yükseliyordu
ayaklarının altından kalkan tozlar,
kara bulutlar gibi sarıyordu ovayı.
İyice yaklaşınca birbirine iki ordu,
öne fırladı güzel yüzlü yiğit Paris,
sallayarak ucu turunçtan yapılma kargısını,
meydan okudu Akhalara,
teke tek dövüşmeye çağırdı
Akha yiğitlerinin en zorlularını.
Sevinçle atladı Menelaos arabasından,
görünce karşısında Helena'yı kaçıran adamı.
Bulmuştu fırsatını Paris'ten öç almanın,
sevindi karşısına av çıkmış aç bir aslan gibi,
silahlarını kuşandı, uzun adımlarla öne atıldı.
Paris'in cesareti söndü Menelaos'u görünce,
dağlarda kocaman bir yılan görmüş gibi
ölüm korkusuyla geriye kaçtı, dostlarına sığındı.

Azarladı onu kardeşi Hektor, ağır konuştu:
"Seni alçak, seni korkak, baş belası,
doğmaz olaydın keşke,
ne bela olurdun başımıza, ne de bir yüz karası,
babamız, halkımız, ilimiz için..
Menelaos'a karşı koyamıyorsun,
karısını kaçırdığın adamla baş edemiyorsun,
rezil kepaze ediyorsun hepimizi.
Ne yiğit insanlarmış şu Troyalılar,
onca kötülüğüne karşın, seni taşlamadılar."
Karşılık verdi ona güzel yüzlü Paris:
"Beni azarlamakta haklısın yerden göğe,
senin çok cesur bir yüreğin var.
İlle de istiyorsan dövüşmemi Menelaos'la,
çıksın ortaya teke tek vuruşalım.
Kazanan alsın Helena'yı, götürsün evine.
Ant içip dost olsun ötekiler de,
Troyalılar otursun bereketli topraklarında,
Akhalar da dönsünler kendi memleketlerine."
Bunu duyunca Hektor,
durdurup Troyalıları, öne fırladı.
Akhalar hemen gerdi yaylarını.
"Durun!" diye bağırdı Agamemnon,
"Bırakın oklarınızı, kargılarınızı.

Yiğit Hektor'un bize söyleyecekleri var."
Ortaya gelip iki orduya da seslendi Hektor:
"Troyalılar, Akhalar, uğruna savaştığımız
Paris'in bir önerisi var. Teke tek dövüşecek
Menelaos'la, güzel Helena için.
Kazanan Helena'yı götürecek,
ötekiler barış andı içecek."
Menelaos söz aldı hemen,
"Çok acılar çektiniz" dedi,
"Paris'le benim yüzümden.
Kimin eceli gelmişse ölsün o, barış yapsın ötekiler.
Toprak Tanrıya, Güneş Tanrıya ve Zeus'a
birer koyun kurban edelim.
Ulu Priamos gelsin, barış için ant içsin,
sonra da her ordu kendi yoluna gitsin."
Menelaos böyle dedi, Troyalılarla, Akhalar sevindi
bitecek diye bu sonsuz savaş.
Silahlarını çıkarıp yere dizdiler
ve sessizce beklediler.
Helena batı kapısının üstündeki kulede
savaş meydanını izliyordu hüzünlü gözlerle.
Az ötede Priamos duruyordu yaşlı bilgelerle.
Helena'ya bakıp fısıldaştı yaşlı bilgeler,
"Ölümsüz tanrıçalar kadar,

uğrunda savaşılacak kadar güzel.
Yine de binip gitse gemisine,
çocuklarımızı telef eden bu savaş bitse."
Priamos yanına çağırdı Helena'yı, dedi:
"Üzülme. Sen değilsin suçlusu bu savaşın,
tanrılar böyle istedi, savaşı başımıza onlar sardı."
Üzgündü güzel Helena, çok pişmandı doğrusu,
"Keşke gelmeseydim oğlunla buraya,
evimi barkımı, bin nazla büyüttüğüm kızımı bırakıp."
Sonra Akhaların arasındaki
yiğitleri gösterdi Priamos'a,
Agamemnon'u, Odysseus'u, Aias'ı,
İdomeneus'u tanıttı uzaktan.
O sıra bir haberci geldi,
teke tek dövüşün haberini getirdi,
ant töreni için Priamos'un beklendiğini söyledi.
Yüreği yandı yaşlı Priamos'un
oğluna bir şey olur diye,
bindi arabasına, sürdü atları
iki ordunun orta yerine.
Dualar edildi tanrılara,
şaraplar döküldü toprağa, kurbanlar kesildi.
Barışın korunması için en büyük antlar içildi.

Priamos şöyle dedi sonra da:
"Troyalılar, yiğit Akhalar kente dönüyorum ben,
sevgili oğlumun Menelaos'la çarpışmasını
izlemeye dayanamam."
Böyle dedi ve binip arabasına döndü geri.

Dövüş alanı ölçüldü, kuralar çekildi,
yerlerini aldı Paris'le Menelaos,
alanın bir ucunda biri, bir ucunda öteki.
Kurada adı çıkan Paris savurdu ilk kargıyı,
Menelaos'un kalkanına çarptı kargı, ucu eğildi.
Sıra Menelaos'taydı şimdi.
Tanrıların babası Zeus'a,

"Başıma bunca dert getiren bu adamdan,
izin ver öcümü alayım" diye yakarıp
fırlattı kargısını Menelaos.
Sivri kargı delip geçti Paris'in kalkanını.
Eğilip kurtuldu Paris ölümün kanlı elinden.
Kılıcını çekip Menelaos,
öfkeyle Paris'in tolgasına indirdi,
parçalandı kılıcı bu kez de, düştü yere.
"Niye bırakmıyorsun
öcümü alayım şu adamdan Zeus?" diye bağırıp
Paris'i tolgasından yakaladı Menelaos,
çekerek sürükledi onu Akhalara doğru.
Az kalsın boğulacaktı Paris,
Aşk Tanrıçası Afrodit kurtarmasaydı onu.
Önce tolganın kayışını kesti Afrodit,
sonra koyu bir dumanla sardı,
uçarak götürüp güzel evindeki
hoş kokulu yatağına bıraktı Paris'i.
Dövüş meydanında Menelaos
öfke içinde arayadursun düşmanını.
Afrodit Helena'ya haber verdi
kocasının kendisini beklediğini.
Karşı çıktı Helena, "Gidemem artık onun yanına,
beni ayartmaya çalışma, Menelaos yendi onu,

şimdi alıp götürecek beni kendi yurduna."
Tanrıça Afrodit çok kızdı buna,
tehditler savurdu Helena'ya.
Görünce onun bu öfkesini,
sessizce gitti Paris'in yanına Helena,
bir güzel azarladı Paris'i.
"Bu kez tanrılar ona yardım etti,
bakarsın bir başka sefer bana yardım ederler
ben de onu yenerim bir gün" dedi Paris.

O sırada Agamemnon çağrıda bulunuyordu
Troyalılara, içtikleri andı anımsatıp şöyle diyordu:
"Gördünüz işte Menelaos'un oldu zafer,
sizlere Helena'yı geri vermek düşer,
üstelik bir de bedel ödemelisiniz,
herkese ders olsun diye..."
Onaylayıp bu sözleri başını sallarken Akhalar,
sustular başları öne eğik Troyalılar.
Tüm yiğitler, savaşın sona ereceğini,
sıcak yataklarına döneceklerini umdular.
Ama başkaydı tanrıların niyeti.
Ne Ares doymuştu, koca Savaş Tanrısı,
ne de gözü doymuştu Yeraltı Tanrısı Hades'in.[9]

9 Hades, ölülerin yaşadığı yeraltı ülkesinin tanrısı.

Savaşı Başlatan Ok

Tanrıların tümü toplanmıştı bir avluda, Olympos'ta
Hera'nın sunduğu balı içiyorlardı altın kaplarda,
Troya'da olanları izliyorlardı yukarıdan.
"Menelaos'tan yana olan iki tanrıça var aramızda,
ama onlar parmaklarını kıpırdatmadan otururlarken,
Afrodit, Paris'i ölümden kurtarmakta"
diye başladı söze Zeus.
"Zafer Menelaos'un oldu bu dövüşte.
Ne yapalım şimdi, yeniden bir savaş mı çıkaralım,
yoksa Menelaos alıp götürsün mü
Helena'yı ülkesine?
Priamos'un ülkesi de kalsın yerli yerinde..."
Hera ile Athena çok kızdılar Zeus'un bu sözlerine,
"Bunca çaba harcadım ben yok etmek için
Priamos'la çocuklarını, ordular topladım,
sen şimdi boşa çıkaracaksın tüm emeklerimi.
Ama bil ki başka tanrılar da istiyor
benim istediklerimi"
diyerek karşı çıktı Zeus'un karısı Hera.
Öfkelendi Zeus bu sözlere,
"Priamos ve çocukları
sana ne kötülük yaptılar ki?

Neden bu azgın öfken Troyalılara?
Nice kentler var yeryüzünde,
bunların arasında ben, en çok Troya'yı severim.
Yeni de vereceğim onu sana, var bildiğin gibi yap."
"Gönderelim" dedi Hera, "Athena'yı aralarına,
bakalım o kargaşada
Troyalılar antlarını bozar mı?
Bozar da Akhalara saldırırlar mı?
Tek istediğim bu senden."
Ne biçim Erdem Tanrıçası'ysa,
barışı bozup karışıklık çıkarmaya gitti Athena,
yanaştı Pandaros diye bir yiğidin yanına
Troyalılara yardıma gelen komşu bir ilden,
kazanacağı büyük ünden ve armağanlardan söz etti,
aklını çeldi kurnaz sözlerle.
Yayını gerip okunu yerleştirdi Pandaros,
salıverdi Menelaos'a doğru.
Düzenbaz Athena okun yönünü değiştirdi,
yüreğine değil Menelaos'un, karnına değdi ok.
Hiç de öldürücü değildi yarası,
ama öldürücü bir yara almıştı barış çabası.
Gözyaşı dökerken kardeşi için Agamemnon,
hekim geldi, ilaçlar sürüp sardı yarayı.
Ok yaydan fırlamıştı bir kez,

kim durdurabilirdi ki savaşı?
Sel gibi kaplayacaktı kan ovayı.
Troyalı askerler, ellerinde kalkanları yürüdüler,
Yürekleri öfke dolu Akhalar ilerlediler.
Buyruklar verdi Agamemnon,
Akhaların arasında dolaşıp,
birlikten birliğe koşup cesaret verdi,
kimine çıkıştı öfkeyle,
kimine övgülü sözler söyledi,
yiğit bir kral gibi savaşçılarını yönlendirdi.
Birbirine girdi iki koca ordu.
Kılıçlarla kargılar kalkanların, zırhların üstüne indi,
iniltiler, çığlıklar göklere yükseldi.
Kurtlar gibi, aslanlar gibi saldırdı birbirine
Troyalılar ve Akhalar hiç acımadan.
Nice yiğitler o karmaşada can verdi,
hepsi de birbirinden kahraman,
uzanıp kaldı toprağın kanla kızarmış bağrına.
Yalnızca en güçlü olanlar
kurtulabildi bu kıyımdan.

Tanrılar Savaşa Katılıyor

Savaşın en kızgın anında, yiğit Diomedes'e,
özel bir güç verdi Tanrıça Athena.
Bir şimşek gibi daldı arasına Troyalıların,
nice can aldı, nice yiğidi yaraladı.
Pandaros; Athena'ya kanıp
savaşı yeniden başlatan
akılsız kahraman, düştü peşine Diomedes'in,
okuyla onu omzundan yaraladı.
Yeniden tanrısal bir güç verdi ona Athena
ve dedi: "Tanrılar gelirse savaş alanına,
sakın onlara saldırma, ama Afrodit'se gelen,
aldırma, vur onu kargınla."
Nice yiğidi yolladıktan sonra
Hades'in karanlık ülkesine Diomedes,
bir taşla yaraladı Afrodit'in oğlu Aineias'ı.
Yardıma koştu tanrıça,
biricik oğlunu kurtarmaya,
kurtardı oğlunu kurtarmasına ya,
Diomedes elinde kargısı,
onun peşine düşmüştü şimdi de.
Güçsüz bir tanrıçaydı Afrodit,
savaşlara bulaşmayan,

Diomedes'in mızrağı eline saplandı tanrıçanın,
tanrısal kanı aktı.
Savaş Tanrısı kızgın Ares'e yakardı Afrodit,
"Çok acıyor canım, arabanı ver Olympos'a gideyim."
Olympos'ta annesi Dione'yi buldu Afrodit,
"Bir ölümlü yaraladı beni anacığım" dedi,
"Akhalar saldırıyor artık tanrılara da."
Onu yanına çağırdı tanrıların en güçlüsü Zeus, dedi:
"Savaşlar sana göre değil,
sen, gönül işlerine bak yeter,
savaşlarda ortalığı karıştırmak,
Ares'le Athena'ya düşer."
Afrodit'in oğluna uzatmıştı o sırada elini
güçlü Güneş Tanrısı Apollon,
Diomedes yine saldırdı.
İtekleyip azarladı onu Apollon,
uyardı bulaşmaması için tanrılara,
gidip Ares'e söyledi çekmesi için onu savaştan...
Kılık değiştirip Ares, savaşan saflara girdi,
güç verdi Troyalılara, canlandırdı hepsini,
ilerledi Troyalılar korkusuzca,
artık başlarında Ares vardı.
Akhaların kırıldığını gören Hera,
seslendi Athena'ya, ikisi yeniden indi savaş alanına.

Athena yönlendirdi Diomedes'in attığı tunç kargıyı
tam göbeğine Ares'in.
Öyle bir bağırdı ki Ares, yer gök çığlığıyla inledi,
bu sesle Troyalılar da, Akhalar da korkuyla titredi.
Olympos'ta yüce Zeus'a yakarıp yakındı Ares
yaptıklarından Athena'nın, dedi:
"Kızın, tanrılara saldırtıyor insanları,
bir söz et şuna."
"Hırgür çıkarıp başlatan sensin savaşı,
iyileştirsinler seni de otur yerinde biraz"
diyerek payladı onu Zeus.
Öteki tanrılarla tanrıçalar da döndü
sonunda Olympos'a.
Tanrılar çekilince ortalıktan,
Troyalılarla Akhalar sürdürdüler savaşı
insan insana...
Ölümsüz değildi onlar tanrılar gibi,
kolayca onmuyordu yaraları tene değen kılıcın,
döküldüler, teker teker can verdiler,
tam öğrenirken kötülüğünü savaşın,
öğrenemeden öldüler.

Hektor'un Meydan Okuması

Savaş sürüp giderken kıran kırana,
atlar sarmıştı ortalığı
binicisini yitirmiş oraya buraya koşuşan atlar,
dingili, oku kırılmış görkemli arabalar
ve yürekleri parçalıyordu çığlıklar.
Yılgınlık çökmüştü yüreğine Troyalıların
neredeyse kaçacaklardı kentin duvarlarına kadar.
Priamos'un sevgili oğullarından biri,
bilici Helenos geldi Hektor'un yanına,
"Dolaş şu askerlerin arasında" dedi,
"Önle kaçmalarını, onları yüreklendir biraz.
Sonra bir koşu kente gidip söyle anamıza,
kadınları toplayıp gitsin Athena'nın tapınağına,
yakarsın ona zaferimiz için,
en değerli örtüyü armağan etsin ona,
dizlerine örtsün."

Öyle yaptı Hektor, gitti askerlerin yanına,
dolaştı ordusunun safları arasında, bağırdı onlara:
"Yitirmeyin gücünüzü yiğitlerim, hadi saldırın!"
Akhalar korkup kaçtı Troyalıların saldırısından,
savaş yeniden alevlenirken,

Hektor koşarak kente gitti.
Kadınlar kızlar doluştular çevresine Hektor'un,
haber almak için yakınlarından.
Acı haber bekliyordu çoğunu,
hep birlikte ağlaştılar ölen yiğitlerin ardından.
Anacığı Hekabe'ye anlattı derdini Hektor,
kadınlarla birlikte yolladı onu
Athena'ya yakarmaya, en güzel şalını,
armağan diye sunmaya, adaklar adamaya.
Ayaküstü gördü karıcığını, sevgili oğlunu,
yakardı tanrılara sevgili oğlu da,
kendisi gibi mert ve güçlü olsun diye,
oğlunun Troya'ya hükümdar olmasını diledi.
Savaştan çekilmesini istediyse de karısı,
dinlemedi Hektor, "Ben alışmışım" dedi,
"Ön saflarda savaşmaya.
Merak etme, hiç kimse kaçamaz kaderinden,
günüm gelmeden hiç kimse beni öldüremez."
Sonra alıp Helena'nın yanından Paris'i,
döndü savaş meydanına hemen.
İki kardeş yan yana giderken hızlı adımlarla
savaş yorgunu Troyalılara birer tanrı gibi göründüler,
görünüşleriyle bile yiğitlere güç verdiler.

Aşağıda insanlar ölürken teker teker
savaşın kaderini tartışıyordu yukarıda tanrılar.
"Gel bugünlük ara verelim şu savaşa" dedi
güneş gözlü Apollon Athena'ya,
"Peki" dedi Athena,
"Savaşı durdurmak için önerin ne?"
"Güç ve cesaret verelim Hektor'a, meydan okusun,
teke tek dövüşmeye çağırsın Akha yiğitlerini,
iki ordu bugünlük soluklansın."
Öyle yaptı yiğit Hektor, tanrıların yönlendirmesiyle,
durdurdu Troya birliklerini, yere oturttu.
Yere oturttu Agamemnon korkusuz Akhaları,
Hektor iki orduya birden konuştu, dedi:
"Zeus bozdu anlaşmamızı,
demek ki sonunda yok edecek iki ordudan birini.
Onca yiğit var aranızda, çıksın biri karşıma,
yiğitçe dövüşelim ölene kadar,
sonsuza kadar yaşasın ikimizin de adı."
Akhalar korktular Hektor'dan,
ne evet ne hayır diyebildiler.
Önce Menelaos çıkacak oldu ortaya ama,
durdurdu onu Agamemnon, "Sakın savaşma" dedi,
"senden çok üstün olan bu yiğitle.
Genç olsaydım ben çıkardım karşısına,

delirme sen, otur yerinde."
Sonunda ad çektiler ünlü yiğitler arasında,
Aias'ın adını çekti yaşlı Nestor
adların bulunduğu tolgadan.
Akhalar yakarırken tanrıların kralı Zeus'a,
kalkıp silahlarını kuşandı yiğit Aias.
Ares kadar iriydi vücudu,
savaşa giden Ares gibi sert yürüdü,
onu görünce ilerlerken, Hektor'un bile titredi yüreği.
Karşı karşıya gelen iki yiğit, akşama kadar dövüştü,
ne biri yendi, ne öteki yenebildi,
gün bitti, gece indi.
İki yiğit o gün, dövüşe ara verdi.
Birbirlerine armağan sundu Hektor'la Aias,
sonra her biri kendi ordusuna gitti.
O gece ateşler yakıldı,
kurbanlar kesilip bol bol yemek yendi,
sabah olunca Troyalı İdaios gitti Akhaların yanına,
ovada yatan ölüleri kaldırana kadar
savaşa ara verilmesini önerdi.
Onca yiğidin ölümünden yüreği yanan Akhalar
onaylayınca bu öneriyi,
askerler bütün gün ölülerini topladılar,
yaralıların yaralarını sardılar, dinlendiler.

Akşam olunca yine, sığırlar kesildi, şaraplar içildi, herkes uykunun yumuşak koynunda uyumaya çekildi.

Zeus'un Öfkesi

Gül parmaklı, nazlı şafak
ışıklarını yaymaya başladığında yeryüzüne,
topladı Zeus tüm tanrıları ve tanrıçaları,
azarladı hepsini iyice, şöyle dedi:
"Bundan böyle kim yardıma yeltenirse
Troyalılara ya da Akhalara
karşısında beni bulacak, bu böyle biline
cezası çok ağır olacak,
göreceksiniz o zaman ben neyim,
tekmil tanrılar ve tanrıçalar bir olsanız bile,
ben hepinizden güçlüyüm, hepinizden yüceyim."
Böyle dedi Zeus ve altınlarını kuşandı,
koştu arabasına güçlü atlarını,
uçarak indi gökyüzünden yeşil İda'ya.
Dağın doruğuna oturup
koyu bir bulutun ardına gizlendi,
izledi oradan Troyalılarla Akhaları.

Gün doğunca kuşandı silahlarını her iki taraf da.
Çocukları, eşleri, toprakları için savaşan Troyalılar,
kapıdan coşku içinde fırlayıp düşmana saldırdılar,
kargılar, oklar uçtu hedefe,

nice yiğitler göçüp gitti Hades'e.
Önüne bir altın terazi kurdu koca tanrı
bir kefesine Troyalıların,
ötekine Akhaların kaderini koydu ve tarttı.
Akhaların ölümü ağır bastı o gün.
Yıldırımlar saldı Zeus dağdan aşağı
Akhaların yüreğini ölüm korkusu sardı,
İdomeneus, Agamemnon, Odysseus,
hiçbiri duramadı yerinde,
Paris, yaşlı Nestor'un atını vurdu,
atılıp kurtarmasaydı Diomedes tek başına,
kuş gibi avlayacaktı Hektor,
Akhaların yaşlı bekçisini.
Zeus yıldırımlarını savurdu yeniden
Diomedes'in arabasının önüne,
Hektor neredeyse yetişip onları yakalayacaktı.
"Gel Diomedes, kaçalım buradan" dedi Nestor,
"Zeus öfkeli bize,
bakarsın yarın acır, bizden yana çıkar,
bilinmez ne zaman nasıl davranacak tanrılar..."
"Ardımdan, Diomedes kaçtı benden, diyecek
Hektor, Troyalılara böyle övünecek"
diye yakınarak sürdü atlarını Diomedes.
Topladı Troyalıları Hektor, dedi onlara:

"Davranın artık kılıcı keskin yiğitler,
Zeus verecek zaferi bize,
ulaşınca onların koca gemilerine
ateşe vereceğim hepsini ellerimle, saldırın."
Akhalar kaçtı, Troyalılar kovaladı,
zafer artık çok yakındı.
Kaldırıp ellerini göğe yakardı
Akha Kralı Agamemnon,
"Söyle Zeus Baba, zorun ne, kıyma yiğitlerime,
bırakma Troyalılar yensin bizi."
Zeus acıdı Agamemnon'a, kulak verdi yakarısına,
cesaret verdi Akhalara,
önde Diomedes, Akhalar saldırdılar yeniden,
ama Hektor yılmak bilmiyordu,
can alıyordu durmadan.

Yukarıda tanrılar ve tanrıçalar
tartışmaktaydı Zeus'un uyarısını,
öfkeyle izliyorlardı Hektor'un saldırısını.
Sonunda dayanamadı Hera ile Athena,
gidip kuşandılar silahlarını ders vermek için
Priamos'un oğlu kahraman Hektor'a.
Gördü onları Zeus, öfkeyle haberci yolladı,
"Öyle cezalandırırım ki onları,

on yıl geçse dinmez acıları" diyerek.
Döndü Hera ile Athena Olympos'a,
az sonra Zeus geldi yanlarına,
"Akhilleus yeniden savaşa girene kadar,
kahraman Hektor vazgeçmeyecek.
Ne isterseniz yapın, savaşın yazgısı bu,
ve değişmeyecek" dedi onlara.

Tanrılar tartışırken kendi aralarında,
güneş denize indi, gökyüzünün rengi soldu,
gece sardı yeryüzünü karanlık kollarıyla.
Akhaları kurtaran karanlık oldu.
Topladı Hektor savaşçıları yanına,
"Bugün düşmanı yok ederiz sanmıştım
ama akşam oldu, karanlık bastırdı işte,
gelin yiyip içelim, ateşler yakalım gün ağarasıya,
geceyi aydınlatalım ki kaçamasınlar Akhalar
karanlığın koynuna sığınıp.
Yarın gün doğsun hele, bitiririz hepsinin işini."

Yiyecekler taşındı kentten,
öbek öbek ateşler yakıldı,
karanlık gecede ışıldayan yıldızlar gibi
yakılan ateşlerle aydınlandı ova.

Yediler, içtiler ve dinlediler yürekleri ferah,
Troyalılar ve atları, sabah kadar.
Ama uyanıktı gece, yeni oyunlar peşinde,
yeni oyunlar hazırlıyordu yiğitlere,
yeni düzenler, en kötüsü yeni ölümler.
Yiğitlerin çoğu uykunun koynunda uyurken
uyumayanlar da vardı o gece her iki safta...

Akhilleus Geri Dönmüyor

Troyalılar yürekleri ferah beklerken sabahı,
Akhaların yüreği korkuyla doldu taştı.
Durmaksızın gözyaşı döken Agamemnon,
tüm komutanları toplantıya çağırdı, dedi:
"Zeus sözünde durmadı, kötü bir oyun oynadı bana,
zafer sözü vermişti ama halimize baksanıza.
Demek böyle istiyor Zeus şimdi,
Troyalılar önünde bize baş eğdirecek,
bizi yurdumuza utançla gönderecek.
Kim karşı koyabilir ki üstün güçlü Zeus'a?
Hadi onun dileğine uyalım,
binelim gemilerimize, yurdumuza kaçalım."
O böyle dedi ya, Diomedes atıldı hemen,
"Darılma bana Agamemnon, özlediysen yurdunu,
toparlan ve git hemen, gemilerin işte şurada,
biz Akhalar kalacağız burada
Troya'yı yerle bir edene kadar."
Kırıcı sözlerden uzak durmayı önerdi yaşlı Nestor,
"Önce yemeğimizi yiyelim.
Hep birlikte akıllıca düşünürüz o zaman."
Agamemnon'un çadırında yenilip içildi doyasıya,
sonra sözü yeniden aldı yaşlı Nestor, dedi:

"Sözüm sana büyük kral Agamemnon,
hiçbirimiz razı değilken sen,
yiğit Akhilleus'tan aldın Briseis adlı kızı,
küstürdün ordulara bedel kahramanı,
tanrılar bile kızdı sana bu yüzden.
Al gönlünü onun, gücümüz güç kazansın yeniden."
Hak verdi Agamemnon yaşlı Nestor'a,
saydı teker teker Akhilleus'a vereceği ödülleri,
"Altınlar, ayağı hızlı atlar, bakır leğenler,
genç ve güzel köleler, tunçlar, işlenmiş demirler...
Bu armağanların içinde Briseis denen kız da olacak.
Hele aldığımızda Priamos'un kentini
altınla, tunçla, esirlerle doldursun gemilerini,
dilerse döndüğümüzde yurda,
üç kızımdan biriyle evlendireyim,
ona krallığımdan yedi güzel kent vereyim,
yeter ki Akhilleus unutsun öfkesini,
gelip katılsın saflarımıza."

Akhilleus oturmuş, elindeki çalgıyı çalıp
yiğitlik türküleri söylüyordu çadırının önünde,
sessizce dinliyordu onu, yanı başında oturan
can dostu Patroklos, kardeş kadar yakın ona.
Elçi olarak gelince yanlarına

Aias, Odysseus ve ötekiler,
ikramda bulunmak için fırladı Akhilleus,
konuklarına et ve şarap sundu, yediler, içtiler,
Akhilleus'u övüp teşekkür ettiler.
Yardım istemeye geldiklerini anlattı Odysseus,
"Azdı Hektor, inanılmaz gücüyle
saldırıyor Akhalara hiç acımadan,
doldurdu şimdi de ovayı adamlarıyla,
bekliyor şafağı kırmak için hepimizi,
yakmak için tek sığınağımız gemilerimizi,
kalkıp dikilmezsen eğer yiğit Akhilleus, onun önüne,
hepimizi kesip dağıtacak."
Sonra saydı teker teker
Agamemnon'un ona vereceği armağanları.
Dinmemişti öfkesi Akhilleus'un,
hâlâ kin doluydu yüreği,
"Beni kandıramaz artık" dedi
"Agamemnon'un o çatallı sivri dili,
ölümle at koşturup dövüşenin, bilinmiyor değeri,
ben onun için savaştım, nice armağanlar verdim,
oysa çok gördü bana o, gönlümün sevdiği kadını,
oyun oynadı bana, aldı elimden
kılıçla kazandığım payımı.
Ben varken Hektor yapamıyordu şimdi yaptıklarını,

söyleyin ne hali varsa görsün Agamemnon,
Hektor'a karşı, çareler bulsun kendince.
Tüm malını mülkünü verse, verse bana Mısır'ı bile,
ne armağanlarını isterim ne de kızını.
Biliyorum, kalırsam burada, ün kazanıp öleceğim,
ama gidersem yurduma, değişecektir yazgım,
çok yaşayacağım ün kazanmasam da.
Artık yurduma döneceğim uzun yaşamak için,
istiyorsa kurtulmak Hektor'dan,
Agamemnon kendisine bir başka yardımcı seçsin."
Gelen konuklar, Odysseus, Phoiniks ve Aias ne dese,
öfkeli Akhilleus kulak vermedi hiçbir söze,
gelenler de düşüp yola gittiler gerisingeriye
Agamemnon'un yanına boş elle.
Duyulunca Akhilleus'un yanıtı, şaşırdı herkes,
içleri korkuyla yandı, hepsi de susup kaldı.
Aldı sözü güçlü yiğit Diomedes, dedi:
"Keşke haberci gönderip yalvarmasaydın ona,
onca armağanı önüne dökmeseydin,
kibirliydi zaten, şimdi daha da kibirlendi.
Bırakın bildiği gibi yapsın, ister gitsin ister kalsın,
gidip yatalım biz, sabah şafakla kalkalım,
yiğitlerimize güç verip savaşa atılalım."
Onayladı bu sözleri tüm komutanlar,
çadırlarına çekildiler, yattılar, uyudular...

Gözcüler

O gece uyurken tüm Akha yiğitleri
Agamemnon düşünüyordu uyumadan.
Kalktı giyindi, tam kuşanırken silahlarını,
ötelerden kardeşi Menelaos geldi.
Dert yandı iki kardeş Zeus'tan,
Hektor'un kendilerine ettiklerinden,
gittiler uyandırmaya öteki komutanları.
Az sonra uyanıp gelmişti
Nestor, Aisas, Odysseus, Diomedes.
"Bir gözcü gitsin" dedi yaşlı Nestor,
"Troyalıların arasına girsin gizlice,
öğrensin nedir niyetleri,
çabucak dönsün aramıza, bilgilendirsin bizleri."
Diomedes çıktı ortaya, bir yoldaş istedi yanına,
"Kahraman Odysseus gelirse benimle eğer,
ateşin içinden bile geçer, gider geliriz" dedi.
Toparlanıp silahlarını kuşandı iki yiğit hemen,
daldılar karanlığın içine vakit yitirmeden,
ölü canlar, kırık arabalar, silahlar arasından geçtiler,
Troyalıların kampına doğru ilerlediler.
Onlar hazırlanırken yola çıkmaya,
güçlü Hektor da toplamıştı yiğitlerini ortaya.

"Kim giderse Akha gemilerinin yanına,
kim gider de öğrenirse nedir Akhaların niyetleri,
kaçmak mı savaşmak mı isterler öğrenip dönerse geri,
en büyük armağanlarla ödüllendireceğim onu."
Dolon derler bir yiğit çıktı ortaya ve dedi:
"Ben giderim Hektor ama ant içmelisin vereceğine
Akhilleus'un atlarını isterim,
ışıltılı tunç arabasını isterim,
ant içersen eğer giderim,
istediğin bilgilerle dönerim."
Ant içti yiğit Hektor, Dolon'a söz verdi,
"O atlar, araba senin olacak kovduğumuzda hepsini."
Alıp sivri kargısını eline Dolon, karanlığa daldı.

Odysseus gördü Dolon'u uzaktan, seslendi;
"Karşıdan gelen biri var Diomedes çabuk saklan,
anlayalım bakalım kimmiş gelen, neymiş niyeti.
Troyalı bir askerse eğer, yakalar götürürüz birlikte."
Sinince iki yoldaş gölgelerin ardına,
görmeden geçip gitti Dolon önlerinden,
onlar da düştüler peşine hemen.
Ayak seslerini duyan Dolon, gelenleri dost sandı,
ama yaklaşınca gelenler biraz, anladı,
kaçmaya davrandıysa da geç kalmıştı,

çok sürmeden yakalandı.
Yakardı Dolon öldürmesinler diye kendini,
bol bol kurtulmalıklar önerdi.
Onlar sordular, Dolon anlattı teker teker
Troyalıların ve öteki illerden gelen askerlerin yerini,
"En son" dedi "Trakyalılar geldi güzel atlarla,
kocaman beyaz atlar, az ötededir bölükleri."
Diyecekleri bitince öldürdü onu Diomedes.
Sonra geçip gittiler karanlığın içinden,
yorgun uyuyan Trakyalıların yanına,
saldırdılar olanca güçleriyle uyuyan erlere,
çözerken Odysseus kardan beyaz atları
Diomedes yaraladı, öldürdü karşısına çıkanları.
Daha çok kan dökecekti Diomedes ama,
Athena gelip uyardı: "Uyanmadan Troyalılar
atla atına geri dönmeye bak, yoksa kötü olacak."
İki gözcü az sonra dostlarının yanındaydılar,
duydukları, gördükleri ve öğrendikleri
her şeyi anlattılar Akha komutanlarına.
Yaşlı Nestor övdü getirilen atları.
Yiyip içtiler sonra, Athena'ya şarap sundular.
İşte o gece böyle bitti.

Savaşların En Şiddetlisi

Uyanıp da yola çıkınca gül yüzlü şafak
aydınlatmak için yeryüzünü,
Koca Tanrı Zeus, Tanrıça Kavga'yı yolladı
Akhaların gemilerinin yanına.
Çılgın bir nara attı Tanrıça Kavga,
Akhaların yüreğine güç saldı.
Tutuştu yiğit Akhaların yüreği savaş özlemiyle
fırladı yerinde herkes, silahını kuşandı.
Agamemnon, Kıbrıs Kralı'nın armağanı,
göktaşıyla, altınla, kalayla bezeli,
yanları yılan süslü zırhını geçirdi göğsüne.
Akhalar tekmil hazırdı artık savaşa.
Tam o saatte başladı Troyalılar da savaş hazırlığına,
başlarında yiğit Hektor ve öteki komutanlar,
yürümek için düşman üstüne, donandılar.
En önde yuvarlak kalkanıyla Hektor,
Akhalara şimşek gibi saldırdılar.
Orakla buğday biçer gibi düştü her iki yandan
genç ve birbirinden yiğit savaşçılar.
Uzaklarda oturmuş Zeus baba, tanrıların kralı
izliyordu bu amansız savaşı,
umursamadan ölenleri de, öldürenleri de.

Oklar atılıyor, kargılar fırlatılıyordu.
Tıpkı Hektor gibi en önlerdeydi
Akhaların güçlü kralı Agamemnon,
Troya Kralı Priamos'un oğullarından ikisini,
İsos'la Antiphos'u öldürdü önce,
aman vermedi aman dileyene, kimseye acımadı,
kükreyen bir aslan gibi önüne gelene saldırdı,
nice yiğitler onun kargısıyla Hades'i boyladı.

Zeus haber yolladı Hektor'a haberci İris'le,
"Söyle ona geri dursun savaştan
Agamemnon yaralanana kadar,
ondan sonra atlayıp arabasına dalsın düşmana,
gün batmadan ulaşacak Akhaların gemilerine."
Dinledi Hektor Zeus'un sözünü ve bekledi,
Agamemnon güçlü İphidamas'la karşılaşana kadar.
Karşılıklı savurdu kargısını iki güçlü yiğit,
öldürdü düşmanını Agamemnon ama,
kendisi de yaralandı, gövdesine ağrılar saplandı,
dönüp gitti gemilerden yana.
Gördü bunu Hektor, işte beklediği an buydu,
Zeus'un kendisine söylediği.
Bağırdı askerlerine, "Ne duruyorsunuz saldırın,
bakın, Akhaların komutanı Agamemnon kaçtı!"

Sürdü askerlerini Akhaların üstüne,
en önde o vardı, kargısıyla nice yiğidin canını aldı,
Akhalar, rüzgâra tutulmuş bulutlar gibi dağıldı.
İki kahraman yoldaş, Diomedes ve Odysseus
karşı koydularsa da olanca güçleriyle,
Hektor'u yere devirdilerse de, öldüremediler.
Sonra Paris bacağından vurdu okla Diomedes'i,
Diomedes soluğu gemilerin yanında aldı.
Az sonra güçlü Odysseus'u da yaraladı Troyalılar.
Hektor arabasına binmişti yine elinde kargısı,
dağıtıyordu sıraları, alıyordu gencecik canları,
yıkıyordu önüne geleni teker teker, kara toprağa.
En ünlü yiğitleri yaralı, korkuyla gerilerken Akhalar,
kaçarken Hektor'dan kudurmuş gibi savaşan,
Paris'in şaşmaz oklarıyla vurulurken teker teker
Akhilleus oturmuş bekliyordu,
"Sanırım birazdan, gelip kapanacak
dizlerime Akhalar" diyordu.
İki ordu yiyordu birbirini, Troyalılar ilerliyordu,
artık gelmişlerdi Akhaların kazdığı geniş hendeğe,
ördükleri yüksek duvarın önüne.
Aşmak üzereydiler o koca duvarı bile.
Arabalarını bırakıp duvara koştu Troyalılar.
Akhalar üstlerine binlerce ok yağdırırken.

Tırmandı duvarın üstüne yiğit Hektor
tanrısal bir güçle söktü kocaman bir taşı,
savurdu kapısına duvarın, kırdı, parçaladı.
Yırtıcı bir kaplan gibi atıldı Hektor içeri
kimsecikler döndüremezdi artık onu geri.
Yepyeni bir güç kazandı Troyalılar,
Hektor'un peşinden içeriye daldılar.

Poseidon'un Gelişi

Ulaşınca Troyalılar gemilerin yanına
çekti yardım elini onlardan koca Zeus,
bıraktı orduları bu amansız kavgada baş başa.
Bir başka tanrı daha gözlüyordu savaşı,
yüreği Akhalardan yana olan Poseidon,
Zeus'un kardeşi, güçlü Deniz Tanrısı,
çıktı denizin dibinden, gemilerin yanına gitti,
insan kılığına girip kışkırttı Akhaları:
"Canlandırın savaş gücünüzü, durmayın saldırın,
örnek olun yiğitlere, var gücünüzle savaşın,
böyle yaparsanız eğer kurtulacaktır gemiler."
Poseidon böyle deyip yüreklendirdi ya Akhaları,
bir duvar gibi yeniden dizildi sıralar,
Akhalar bir olup Hektor'un karşısına dikildi.
Kükreyerek saldırdı Hektor bu insandan duvara,
"Üç beş kişi karşıma geçip beni durduramaz,
kargımın önünde hiç kimse duramaz!" diye bağırdı.
Troyalılara vermek istiyordu Zeus zaferi
ama tümüyle yok etmeden Akhaları,
küskün Akhilleus da ün kazansın istiyordu,
öyle söz vermişti Tethis'e.
Poseidon ise girmişti Akhaların arasına

insan kılığında, yüreklendirmek için onları.
İki tanrının istemiyle, bir o yana bir bu yana
savrulup gidiyordu savaş da savaşanlar da,
nice yiğitler yere serilip telef oluyordu,
kimse kesemiyordu dağ gibi üstlerine gelen,
bağırıp erleri yüreklendiren Hektor'un hızını.
Yol açıyordu Hektor saldırıp şimşek gibi,
yürüyordu Troyalılar ardından.

Savaş sürüp giderken can üstüne can alarak,
yaşlı yiğit Nestor gitti yanına güçlü kralın,
yarasından savaşamayan Agamemnon'un yanına,
verdi ona birer birer kötü haberleri.
"Ah!" dedi Agamemnon, derinden sızladı yüreği.
"Demek ne hendek ne de duvar
durdurabildi yiğit Hektor'un öfkesini.
Troyalılara söz vermişti o,
yakacağım diye gemileri, demek şimdi çok yakın,
sözünü yerine getirmesi, böyleymiş Zeus'un dileği."

Teknelerle doluydu kıyı boydan boya,
körfeze sığmayınca çekmişlerdi kıyıya yüzlercesini.
Hüzünle baktı gemilere Agamemnon,
"Gelin indirelim gemileri tanrısal denize

oturup bekleyelim geceyi, savaşa ara verince
Troyalılar geceyle, biner kaçarız gizlice,
böyle bir yıkımdan kaçmak ayıp değil."
Kınayan gözlerle baktı ona Odysseus, azarladı:
"Böyle konuşuyorsan, korkaklara komutan ol sen,
komutan olacak adam değilsin bize.
Bize savaşmak yaraşır, sonuna kadar."
Üzüldü Agamemnon, dedi: "Varsa iyi bir öğüdü
içinizden birinin, çıksın ortaya söylesin,
dinlerim sözünü, dediklerini yaparım."
Diomedes söz aldı, yaralıydı o da,
"Gidelim savaş alanına, yiğitlerimizin yanına,
savaşa giremesek de bu yaralarla
orada durup varlığımızla güç veririz onlara."
Uydular Diomedes'e komutanlar,
savaş alanının yolunu tuttular.
Yaşlı bir adam kılığında çıktı karşılarına Poseidon,
"Bilesin ki göreceksin çok yakında,
Troyalıların tozu dumana katarak
kaçtıklarını ovada."
Böyle dedi Poseidon, gür bir nara attı,
Akhaların yüreğine güç kattı.
O güçle Aias, yerden aldığı kocaman bir taşla
Hektor'u vurdu göğsünden, erleri kurtardı onu,

serildi kaldı Hektor yere,
bir türlü gelemedi kendine,
bir süre savaştan ayrı kaldı.
Akhalara güç verdi Hektor'un savaştan çekilişi
canla başla saldırıya geçtiler hemen.
Zeus haberci İris'i yolladı Poseidon'a, dedi:
"Çıksın aradan, karışmasın bu savaşa Poseidon."
Poseidon çekti gitti yüreğinde acıyla.
Apollon'u yolladı Zeus, Hektor'a güç versin,
birlikte savaşıp onu korusun diye.
Ölümü beklerken kalktı ayağa Hektor,
erlerini yüreklendirerek ilerledi.
Korkuyla bozguna uğradı onu gören Akhalar
Troyalılar coşku içinde atılırken öne
Akhalar gemilerine doğru kaçtılar.
Savaşların en şiddetlisiydi bu, gemilerin önünde,
Troyalılar yakmak istiyordu gemileri,
Akhalar savunuyordu sonuna kadar.

Genç Patroklos'un Ölümü

Uzaktan gördü bu olanları genç yiğit Patroklos
Akhilleus'un en sevgili dostu, can yoldaşı, kardeşi,
yüreği kaldırmadı gördüklerini, Akhilleus'a yalvardı,
"Ne olur bırak katılayım savaşa, yüreğim yanıyor,
orada peş peşe ölürken yiğit dostlar."
"Tamam" dedi Akhilleus, "Git katıl.
Agamemnon gelip hoş sözler söyleseydi inat etmeyip
çoktan katılırdım ben de savaşa ama sözüm var,
ateş benim gemilerime sokulana kadar
ben katılmam.
Benim zırhımı al, benim silahlarımı kuşan,
o zaman belki seni ben sanıp çekinir Troyalılar.
Ama kovdun mu Troyalıları gemilerden uzağa,
daha ileri gitme, geri dön, yetin o kadar ünle.
Troya'yı koruyor Olympos'taki tanrılar,
bakarsın görür biri, senin canını yakar."
Patroklos kuşanırken Akhilleus'un silahını, zırhını,
Akhilleus yakardı Athena'ya, Apollon'a, Zeus'a,
korusunlar diye Patroklos'u, can yoldaşını.
Zeus duydu sesini ama kader çizmişti yolunu,
tanrıların kralı bile, engel olamazdı kadere.
Tam o sırada işte Hektor, saldı ölümsüz ateşi,

sonunda dileği oldu Zeus'un, ilk gemi alev aldı.
Troyalılar için bu en görkemli andı.
Patroklos bindi Akhilleus'un görkemli arabasına,
ardına askerlerini aldı, fırladı savaşın ortasına.
Patroklos püskürttü Troyalıları gemilerden
söndürdü yanan gemideki ateşi.
Onu Akhilleus sanan Troyalılar korkup kaçarken
Akhalara güç gelmişti yeniden.
Akhilleus'un öğüdünü tutmadı Patroklos,
sürdü arabasını kentin duvarlarına kadar,
zafer coşkusu hepten döndürmüştü başını,
can üstüne can aldı uzun kargısıyla,
ama gözü ve gönlü Hektor'daydı onun da,
kader karşılaştıracaktı ikisini bir ara.
Tanrı Apollon uyardıysa da dinlemedi Patroklos,
sonunda iki güçlü yiğit karşı karşıya geldi.
Arabalarından inip saldırdılar iki erkek aslan gibi.
Salladı kargısını devirdi onu Hektor.
Ölümün gölgesi sardı gözlerini bir anda
uçup Hades'e gitti Patroklos, ölülerin yanına.
Akhilleus'un öldüğünü sanıp coştu Troyalılar.
Silahlarını, zırhını soyup aldı Hektor Patroklos'un,
gelenek öyleydi o zamanlar, verdi Troyalılara
kente götürsünler, şanına şan katsınlar diye.

Patroklos öldü ya, kıyasıya bir savaş başladı,
kim götürecek diye yerde yatan ölüsünü,
nice yiğitler can verirken bu uğurda,
ölüm haberi sonunda ulaştı Akhilleus'a.

Akhilleus Savaşa Dönüyor

Nestor'un oğlu hızlı koşan Antilokhos yetiştirdi
kötü haberi Akhilleus'a, "Patroklos öldü" dedi.
İşte o an sardı yüreğini Akhilleus'un çılgın bir acı.
Ne zırhı vardı, ne silahı, yine de atılmak istedi
ölümün kol gezdiği savaş alanına.
Anacığı Tethis önledi onu, dedi: "Dur, bekle,
sana zırh ve silah getireyim topal tanrı,
tanrıların silahçısı Hephaistos'tan."
Tethis ağlıyordu, biliyordu artık yakındı
biricik oğlunun ölümü. Ondaydı sıra
yiğit Hektor'dan sonra.
Böyleydi, yazılmıştı kader.
Engellemek istediyse de onu Tethis,
"Ne anlamı var
Patroklos öldükten sonra yaşamanın?
Hektor'u öldürürsem,
sonsuza kadar şan kazanırım" dedi Akhilleus,
"Adımı sonsuza kadar yaşatırım."
"Öyleyse bekle" dedi anası Tethis ona,
"Bekle ki sana tanrısal silahlar getireyim,
kalkanın sert, kılıcın keskin olsun savaşta."
Böyle dedi, koştu Tethis,
tanrıların yurdu Olympos'a.

Kavga sürüyordu Akhalarla Troyalılar arasında,
ölüsünü almak için yiğit Patroklos'un.
Kalkıp hendeğin yanına gitti Akhilleus,
alev alev ışık saçıyordu gövdesi.
Tüyler ürperten bir çığlık attı,
Akhalar coşarken, Troyalılar paniğe kapıldı.
Son bir saldırıyla Akhalar,
alıp getirdiler Patroklos'un cansız gövdesini,
yumuşak bir yatağa yatırdılar son uykusu için.
Akhilleus geldi, sıcak gözyaşları döktü, ağladı.
Yorulmak bilmeyen güneş, denizin ardına indi,
geceyle birlikte savaş da durdu.
Troyalılar ertesi güne hazırlanırken,
Akhalar ağlıyordu Patroklos için.
İntikam yeminleri ediyordu yiğit Akhilleus.

Tanrıların yurdu Olympos'ta, Tethis
yakardı demircilerin ustası Hephaistos'a oğlu için.
Hephaistos, topal tanrı, silah yapardı ölümsüzlere
zırhlar, mızraklar, kalkanlar, kılıçlar yapardı.
Kırmadı Tethis'i Hephaistos, sabaha kadar uğraştı,
kat kat işlediği kocaman güçlü kalkana
mavisel ışıltısını sardı denizlerin,
bir zırh yaptı tanrılara yaraşır,
ateşten daha parlak,

altın sorguçlu bir tolga yaptı, silahlar hazırladı
savaşta ölmeye yazgılı, soylu yiğit Akhilleus için.
Sabah hepsini götürüp Tethis'in önüne bıraktı.
Uçarak götürdü Tethis tanrısal silahları oğluna,
"Böyle güzel silahlar kuşanmadı hiçbir insan"
diyerek serdi hepsini Akhilleus'un önüne.
Tüm Akhaları toplantıya çağırdı Akhilleus,
acısını paylaştı, sevgili dostu için ağlaştı,
armağanlarını kabul edip Agamemnon'la barıştı.
Zırhını, silahlarını kuşandı sonra da,
altın sorguçlu tolgası, güçlü kalkanıyla
tanrısal bir görünümü vardı, ışık saçıyordu.
Bindi arabasına, uçarcasına ilerledi
Akhaların en ön safında ürkütücü naralarla.

Olanca hızıyla sürerken kanlı savaş,
tüm tanrıları yanına çağırdı Zeus, dedi onlara:
"Gidin katılın savaşa, kimi isterseniz ondan yana,
gidin destek olun sevdiğiniz kahramanlara."
İkiye ayrıldı tanrılar ve katıldılar savaşa.
Hera, Athena ve Poseidon Akhaların yanındaydı,
Hermes ve Hephaistos da onlarlaydı.
Troyalıların yanına gitti Ares, Apollon ve Artemis,
Leto, Ksantos ve Afrodit de onlarla.

Tanrıların naraları, insanların çığlıklarına karıştı,
Zeus gürletti gökyüzünü, yer titredi gök gürledi,
iki yanda da ölümsüzler ve ölümsüzlere benzer
birbirinden soylu kahramanlar.
Apollon kışkırttı Aineias'ı Akhilleus'a karşı,
Karşı karşıya geldi iki yiğit savaşın ortasında,
meydan okudu ikisi de birbirine öfkeli sözlerle.
Önce Aineias saldırdı, kargısı delemedi
Akhilleus'un tanrı armağanı kalkanını.
Sonra Akhilleus saldırdı vuramadı.
Tanrısal kılıcını çekti Akhilleus,
hızla varacaktı düşmanının üstüne,
Poseidon gözlerini bulutla kapladı Akhilleus'un,
çekti götürdü Aineias'ı oradan, ona öğüt verdi
Akhilleus'tan uzak dursun diye.
Kanlı bir savaştı bu, acımasızca sürüyordu.
Bir yanda Hektor Troyalıları yüreklendiriyor,
öte yanda Akhilleus Akhaları savaşa çağırıyordu.
Bir ara karşı karşıya geldi Akhilleus,
Hektor'un küçük kardeşi Polydoros'la,
vurdu onu karnının orta yerinden.
Bunu gören Hektor'un içi yandı, saldırdı Akhilleus'a,
Tanrı Apollon kaçırmasaydı haklayacaktı onu da
Akhilleus oracıkta.

O da gitti başka canlar aldı.
Dün Hektor'un önünden Akhalar kaçıyordu,
bugün Troyalılardı kaçan Akhilleus'un önünden.
Oradan oraya koşup yiğit Akhilleus,
durmadan can aldı o gün, nice yiğitleri öldürdü,
saldırdı Troyalılara bir tanrı gibi.
O gün, Irmak Tanrı Ksantos bile önleyemedi
Akhilleus'un öfkesini.

Sonra tanrılar birbirleriyle kavgaya tutuştu,
yürekleri kayarken bir o yöne, bir bu yöne,
Ares atıldı Athena'nın üstüne,
Athena Ares'in kafasına koca bir taşla vurdu,
Poseidon saldırdı Apollon'un üstüne.
Neyse ki duruldular sonra,
döndüler savaş alanından Olympos'a, evlerine.
Bir tek okçu tanrı Apollon kaldı geride.
Bu sırada azmıştı iyice savaş,
bozguna uğramış Troyalıları,
önüne katmış kovalıyordu Akhilleus,
elinde tanrısal kargısı, can alıyordu durmadan.
Apollon yiğit Agenor'u saldı onun üstüne,
sonra Agenor'un kılığına girip dikildi önüne,
Akhilleus saldırdıkça kaçıyor, onu aldatıyordu.

Saldırı gücünü böylece azaltıyordu.
Bunu fırsat bilip bozguna uğramış Troyalılar,
kaçıp sığındılar kente canlarını kurtarmak için,
saklandılar duvarların gerisine, su içtiler kana kana
çöktüler duvarların dibine, dinlendiler.

Hektor'un Ölümü

Askerleri kentin kucağına sığınırken,
bir tek Hektor duruyordu kapıların dışında,
bir heykel gibi, sanki yazgısını bekliyordu.
O sırada anlamıştı Akhilleus kendinden kaçanın
Agenor olmadığını, "Aldattın beni okçu tanrı"
diyerek sitem etti Apollon'a, "Çektin beni uzağa."
Böyle dedi ve sürdü arabasını surlara.
Önce yaşlı Priamos gördü onu, Troya Kralı,
Hektor'un soylu babası, yakardı oğluna:
"Hektor durup bekleme böyle, gir içeri.
Oğullarımdan Lykaon'la Polydoros'u öldüren de o,
karşı duramazsın kaderine, o senden daha güçlü,
acımaz kıyar canına, gir içeri."
Böyle dedi yaşlı kral, yoldu saçını başını
kandıramadı soylu yiğit Hektor'u.
Anası Hekabe aldı sözü, ağlayarak yakardı,
kanmadı Hektor, bekledi Akhilleus'un gelişini.
Hem korku, hem öfke vardı yüreğinde.
Yiğitliği engeldi surların içeri girmesine,
kafası bir uzlaşma öneriyordu kendisine,
"Versek Helena'yı, paylaşsak ne var ne yok kentte,
bitmez mi bu savaş böylece?"

Ama yüreği kozunu paylaşmaktan yanaydı,
bekledi Akhilleus gelsin diye, dedi:
"Göreceğiz kime verecek tanrılar onuru."
Işıldayan tanrısal zırhı ve silahlarıyla
iyice yaklaştığında yiğit Akhilleus,
bir korku sardı yüreğini Hektor'un,
titreyen bir av gibi kaçmaya başladı,
üç kez dolandılar Troya'nın surlarını.
Herkes gördü bunu, tanrılar da gördü.
Ne Hektor kaçıp kurtulabiliyordu Akhilleus'tan,
ne Akhilleus yakalayabiliyordu Hektor'u.
Tanrıça Athena bir sıçrayışta indi savaş alanına
Hektor'un kardeşlerinden birine benzetti kendini,
"Bırak kaçmayı, gel birlikte savaşalım ona karşı,
kaçarak alt edemezsin, er geç yakalayacak seni,
birlikte yeneriz onu, ünümüze ün katarız."
Hektor inandı buna, geçti Akhilleus'un karşısına,
dedi: "Şimdi dövüş zamanı yiğit Akhilleus,
ama söz verelim tanrıların önünde,
kim giderse Hades'in ülkesine
öteki saygısızlık yapmayacak ölüsüne."
"Anlaşma olmaz yiğit Hektor, insanla aslan,
kurtla kuzu arasında. İkimizin arasında da
böyle anlaşma olmaz" dedi Akhilleus,

"Şimdi borç ödeme zamanı, ya sen, ya ben,
ödeyeceğiz birbirimize verdiğimiz acıları."
Böyle dedi Akhilleus ve kargısını fırlattı.
Eğilip kurtuldu Hektor, kargı toprağa saplandı.
Bu kez o fırlattı kargısını olanca gücüyle
kargı tanrısal kalkana çarptı, uzağa sıçradı.
Yeni bir kargı istedi kardeşinden Hektor,
ama kardeşi yoktu, onu aldatan Athena,
çoktan vermişti yere saplanan kargıyı
Akhilleus'un eline. Hektor anlamıştı aldatıldığını,
"Demek okçu tanrı Apollon korumuyor artık beni,
öleceksem yiğit gibi ölmeli" diyerek çekti kılıcını,
saldırdı Akhilleus'a, ölümden hiç korkmadan.
Akhilleus koca kalkanıyla göğsünü kapadı,
sapladı kargısını Hektor'un boynuna.
Ölürken Hektor, hatırlattı ona yazgısını, dedi:
"Sen de geleceksin Hades'e benim yanıma,
Paris'in attığı, Apollon'un yönlendirdiği okla
sen de geleceksin tanrıların oyununa."
Böyle dedi ve öldü Hektor, uçup gitti.
"Sen öldükten sonra, ben de razıyım yazgıma"
dedi Akhilleus, soydu silahlarından Hektor'u,
bağladı ayaklarından arabasına,
koca kentin çevresinde üç kez sürükledi ölüsünü.

Koca kent dolmuştu bir uçtan bir uca hıçkırıklarla,
Priamos, Hekabe, Hektor'un karısı Andromakhe
ağlıyorlardı deliler gibi yiğit Hektor'un ardından.
Herkes ağladı ya, Andromakhe oldu en çok ağlayan,
Hektor'un dul karısı, tek oğlunun anası,
yavrusunun kara yazgısına ağladı.

Patroklos'un Cenaze Töreni

Akhilleus sürüklerken Hektor'un körpe bedenini,
Patroklos'un ölüsü bekliyordu cenaze törenini,
girmek için huzurla Hades'in ülkesine.
O gece düşüne girdi Patroklos Akhilleus'un, dedi:
"Durma çabuk göm beni,
ateş payımı almadan giremem bu kapıdan,
yazgım neyse onu yaşadım, kurtuluş yok bundan,
senin yazgın da ölmek bu surların önünde,
dileğim şu; aynı altın kaba koysunlar küllerimizi."
Uyandı düşünden yiğit Akhilleus,
gül parmaklı şafak uyanırken daha
yolladı askerlerini odun kesmeye dağa.
Odunlar yığıldı Akhilleus'un gösterdiği yere,
yiğit savaşçılar taşıdı Patroklos'u oraya.
Birer tutam saç kesip attılar ölünün üstüne.
Sperkheios ırmağına adanmış saçlarını kesti
koydu can dostunun parmaklarının arasına
yiğit Akhilleus da, gözünde yaşlarla.
Adaklar hazırlandı tanrılara, sonra odunlar yakıldı.
Dostunun küllerini bir altın kapta topladı,
dedi: "Saklayın bunları Hades'e gideceğim güne dek,
sonra birlikte gömersiniz küllerimizi."

Böyle dedi tanrısal yiğit Akhilleus,
yarışlar düzenlendi dostunun anısına,
değerli ödüller dağıttı kazananlara.
Kimisi kızdı yiğitlerin, kimisi çok sevindi
kazandığı armağanlara.
Sonunda hepsi tuttu gemilerin yolunu
uzandılar uykunun yumuşak kollarına.
Bir tek Akhilleus uyuyamıyordu.

Gidip bağladı arabasına Hektor'un cesedini,
üç kez sürükledi Akhilleus,
Patroklos'un mezarının çevresinde,
toz toprak içinde bıraktı ölüyü dönerken çadırına.
Neyse ki koruyordu altın kalkanıyla Apollon,
Hektor'un ölüsünü bile.
Bir çizik bile oluşmamıştı
yiğit Hektor'un gövdesinde.
Tanrılar çok kızmıştı Akhilleus'un davranışına,
bir çare arıyorlardı önlemek için
Hektor'a yapılan bunca saygısızlığı.
Çareyi Zeus buldu sonunda,
çağırdı yanına Akhilleus'un anası Tethis'i...

Priamos Hektor'un Ölüsünü Alıyor

Zeus, anası Tethis'le haber yolladı Akhilleus'a
Kurtulmalık karşılığı geri versin Hektor'u diye.
Bir haberci de Priamos'a yolladı Zeus,
Gökkuşağı Tanrıçası İris
ağıtlar içinde buldu, Priamos'un evini,
anlattı ona Zeus'un niyetini, dedi:
"Armağanlarla git Akhilleus'un yanına, korkma
Zeus'un oğlu Hermeias yoldaşlık edecek sana,
kimseye görünmeden gider, oğlunu alır gelirsin."
Bir katır arabasına yükledi Priamos
Akhilleus için seçtiği en değerli armağanları,
şarap sundu koca tanrı Zeus'a, bindi arabasına.
Hermeias, uykuyu döktü tüm nöbetçilerin üstüne,
götürdü, soktu Priamos'u Akhilleus'un çadırına.
Oturuyordu içeride Akhilleus, bitirmiş yemeğini,
dizlerine sarıldı Priamos, öptü ellerini,
yakardı kurtarmak için sevgili oğlunun bedenini.
Baba yüreği nasıl yanar anlattı ona,
kendi babası düştü Akhilleus'un aklına.
Öyle bir yakarıştı ki bu, Akhilleus bile ağladı.
Kurtulmalıkları aldı Akhilleus,
adamları Hektor'un ölüsünü yıkayıp yağladılar

bir çarşafa sarıp koydular arabaya.
Akhilleus, bir koyun kesip
yemekler sundu Priamos'a,
yatmadan önce konuşup anlaştılar,
on bir gün savaşı durdurma sözü verdi Akhilleus,
kentte Hektor için yapılacak törenler bitene kadar.
Hermeias bırakmadı Priamos'u uyumaya,
alıp geçirdi nöbetçilerin arasından gizlice Troya'ya.
Kentte, Hektor'un ölüsünü gören herkes ağladı,
ağıtlar yakıldı, anası, karısı, kardeşleri,
bu savaşa neden olan Helena bile
ağlayarak dövündü.
Dokuz gün odun taşındı kente dağlardan.
Onuncu gün yerleştirip Hektor'u üstüne odunların
ateşe verdiler gözyaşları içinde ölüsünü.
Sonra şarapla söndürdüler ateşi,
Hektor'un küllerini altın bir kutuya koydular,
örtülerle sarıp derin bir kuyuya indirdiler kutuyu.
Bugün bile orada gizlidir Hektor'un külleri.

İşte burada biter koca ozan Homeros'un *İlyada*'sı
başka öykülerde anlatılır savaşın sonrası.
Gelin okuyup öğrenelim nasıl bitmiş Troya Savaşı...

ÜÇÜNCÜ BÖLÜM

SAVAŞIN SONU

Akhilleus'un Yazgısı

Kraliçe Penthesilea ile Amazonlar da katıldı savaşa,
bilirsiniz şu kadın savaşçılar, bir göğüsleri olmayan,
hepsi de birbirinden usta okçular.
Akhilleus, acımadan öldürdü Penthesilea'yı
savaş meydanında karşılaştıkları gün.
Sonra Habeşistan Kralı Memnon'u öldürdü Akhilleus,
Troya'nın yardımına koşan.
Tanrılar da insanlar da bilirdi ki bu savaşta gidecek
Akhilleus Hades'e, aldığı canlarla buluşacak
yeraltındaki ırmağın öte yakasında.
Bir sabah erkenden, arabasına binmiş Akhilleus,
Akha yiğitlerine güç verirken,
surların üzerinden gerdi yayını okçu Paris,
iyice nişan aldı Akhilleus'un topuğuna,
Akhilleus'un canını acıtacak tek yerdi orası.
Kanatlanmış gibi fırladı Paris'in oku yaydan,
Tanrı Apollon yol gösterdi,
tam yerine saplandı Paris'in oku,
Akhilleus'un topuğuna,
Akhaların en yiğidi, oracıkta can verdi.
Anası Tethis bile engel olamadı bu sona.
O gün zafer günüydü Troyalılar için,

Akhalar gözyaşı döktü Akhilleus'un ardından,
bozguna uğradı hepsi, kaçıp gemilere sığındı.
Aias savundu ölüsünü Akhilleus'un,
oydu en yiğidi Akhaların Akhilleus'tan sonra,
getirdi ölüsünü Akhaların kampına.
Aias'ın hakkıydı Akhilleus'un silahlarını almak ama,
Odysseus'un da gözü vardı onlarda.
Bir oyunla Odysseus alınca silahları,
Yiğit Aias öylesine üzüldü ki, kıydı tatlı canına.

Paris'in Ölümü ve Troya'nın Düşüşü

Akhalar oğlunu tutsak ettiler bir gün Priamos'un,
Troya'nın ünlü bilicisi Helenus'u.
Helenus anlattı onlara Troya'yı alamayacaklarını
olmaksızın yardımı Philoktetes'in,
Herkül'ün yayı ve oklarıyla Tenedos'ta bıraktıkları.
Bir su yılanı sokmuştu onu,
çok kötü koktuğu için yarası,
bırakmışlardı bir adaya tek başına.
Odysseus ve Neoptelemus, Akhilleus'un yiğit oğlu,
gidip getirdiler Philoktetes'i adadan, gönlünü yaparak.
Philoktetes'in ilk işi Paris'i vurmak oldu
Herkül'den kalma yayıyla fırlattığı amansız bir okla.
Onca derdi başlarına açmış olsa da, Paris'in ölümü,
büyük bir acı oldu yiğit Troya halkına.
Törenle yaktılar ölüsünü.
Paris ölmüştü ama savaş sürüyordu,
Troyalılar olanca güçleriyle savunuyorlardı kenti.
Sonunda akıllıca bir oyun düşündü Odysseus,
Epeius adlı biri, kocaman bir at yaptı tahtadan,
tanrıça Athena'nın yardımıyla.

İçine asker doldurup bıraktılar tahta atı
deniz kıyısında, Troya'nın karşısında.
Bir gece bindiler gemilerine ve çekip gittiler
yurtlarına geri döner gibi, Tenedos Adası'nın ardına
gizlediler tüm gemilerini, beklemeye koyuldular.
Uyanıp da boşalmış görünce Akhaların kampını,
bayram yaptı Troyalılar, gülüp eğlendiler,
bitmişti sonunda yıllardır süren savaş.
Görünce o büyük tahta atı Akha kampında
"Bu da ne ola ki?" diyerek pek şaşırdılar.
Atın yanında yaralı bir Akha eri vardı adı Sinon,
o dedi: "Bu at Tanrıça Athena'ya bir armağan.
Nasılsa sığmaz böyle büyük bir at kapıdan,
yakacaktır Troyalılar bu kutsal armağanı,
yakıp öfkeden kudurtacaklardır Tanrıça Athena'yı."
Böyle dedi Sinon, iyi oyuncuydu, aldattı herkesi.
İnandı Troyalılar Sinon'un anlattıklarına,
"Alırsak atı içeri, sevindiririz tanrıçayı" dediler.
Rahip Laokoon ve Hektor'un kız kardeşi Kassandra
uyardılarsa da Troyalıları, söz dinletemediler.
"Akhaların armağanından bile
sakının" dedi Laokoon,

kimsecikler onu dinlemedi.
Yıkıldı büyük kapının üstündeki kemer,
o gün tahta atı içeriye aldılar,
getirip kentin meydanına koydular,
çılgınlar gibi eğlenip bu büyük zaferi kutladılar.

Gece Troya halkı uykuya çekildiğinde
sessizce çıktı atın karnında gizlenen Akhalar,
işaret verdiler açıkta bekleyen gemilere,
kentin kapılarını açtılar.
Kente giren Akhalar, yakıp yıktılar her yeri
kılıçtan geçirdiler herkesi, kadınları esir aldılar.
Akhilleus'un oğlu Neoptolemos, yaşlı Priamos
ve daha niceleri, hepsi öldü.
Menelaos karısı Helena'yı geri aldı,
yakılmadık yer, yıkılmadık duvar kalmadı
yeryüzünün en güzel kenti Troya'da,
görkemli tapınaklar bile yakılıp yıkıldı.
Tanrılar tapınakların yıkılmasından
hiç de hoşnut kalmadılar,
dönüş yolunda Akhaların başına nice işler açtılar,
başka öykülerle destanlarda anlatılır bunlar.

Telef oldu pek çoğu yollarda ölüp gitti,
bir tek bu destan kaldı Troya'dan
ders olsun diye insanlara,
binlerce yıldan beri,
anlatmak için savaşın kötülüklerini...

Bilgin Adalı
Arkadaşım Papi
Benekli
Kanatlı Kirpiyle Uçan Kaplumbağa
Uyku Saati Masalları
Meraklı Karınca Cimcim'in Serüvenleri
Meraklı Karınca Cimcim Yollarda
Görkem K. Arsoy
Zuzu'nun Ormanı
Puki ile Yaşlı Karga
Zuzu ile Uykucu Baykuş
Erika Bartos
Uğurböceği Sevecen ile
Saylangoz Tomurcuk
1 - Arkadaşlık
2 - Gökkuşağı
3 - Noel Baba
4 - Uçurtma
5 - Cadılar
6 - Deniz Macerası
7 - Yeni Yıl Kutlaması
8 - Uzay Yolculuğu
9 - Mağaradaki Örümcek
10 - Küçük Yabanarısı
Mevsimler Kitabı
Italo Calvino
Afacan Resimler
Dilek Maktal Canko
Pieter Bruegel'in Gizemli Dünyası
Céline Lamour-Crochet
Küçük Hasır Şapka
Devrim Çakır
Cici Pisi Tedi 1 - Yaşasın Arkadaşlarımız!
Cici Pisi Tedi 2 - Renkli Mutlu Uçurtma
Selçuk Demirel
Mumuk Fotoğraflarda
Mumuk Harfleri Öğreniyor
Mumuk Oyuncakçıda
Ayağına Diken Batan Süper Karga
Alfabe
Karga ile Tilki ve Cırcır Böceği ile Karınca
Michael Engler
Bay Tavşan'ın Bir Fikri Var
Michaël Escoffier
İyi Kalpli Küçük Tavşan
Cristiane Weidemann,
Anna-Kathrin Funck, Doris Kutschbach
Her Güne Bir Sanat Etkinliği
Gilbert Delahaye-Marcel Marlier
Ayşegül 50 – Yolculuğa Çıkıyor
Ayşegül 51 – Arkadaşım Karakaçan
Ayşegül 52 – Fındık Kayıp
Ayşegül 53 – Dört Mevsim
Ayşegül 52 – Kayak Yapıyor
Ayşegül 53 – Dört Mevsim
Ayşegül 54 – Kayak Yapıyor
Ayşegül 55 – Esrarengiz Komşu
Ayşegül 56 – Koş Gelincik Koş
Ayşegül 57 – Kaza Geçiriyor
Ayşegül 58 – Ormandaki Yavru Kedi
Ayşegül 59 – Kuzenine Sürpriz Yapıyor
Ayşegül 60 – Çiftlikte Bir Gün
Ayşegül Arkadaşlarıyla (çıkartma'lı kitap)
Hastalanıyor
Evde
Büyükannesinde
Yılın 12 Ayı
Okula Gidiyor
(5 Ayşegül Macerası-albüm)
Ayşegül - Becerikli Prenses - 6
Ayşegül - Peri Masalı - 7
Ayşegül - Seyahatte - 8
Şafak Okdemir
Mavi Kız - Uzun Bir Yol

Feridun Oral
- Babaannem Kime Benziyor?
- Kırmızı Elma
- Böğürtlen Cini ve Sarı Gaga
- Kirpi ile Kestane
- Baloncu Dede ve Üç Küçük Yaramaz
- Benekli Faremi Gördünüz mü?
- Pirinç Lapası ve Küçük Ejderha
- Küçük Fare Bidi
- Kırmızı Kanatlı Baykuş
- Ay Ne Zaman Gelecek?

Céline Lamour-Crochet - Feridun Oral
- Küçük Hasır Şapka

Feridun Oral - Sara Şahinkanat
- Maymun Kral

Filiz Özdem
- Yeryüzünden Binbir Efsane
- Esrarengiz Arkadaşın Fısıldadıkları
- Simay - Ninem Diş Perisi Oldu
- Rosros ile Zenzen
- Baykuş ile Çobanyıldızı
- Sırlarla Dolu Konak
- Ejderler, Ecinniler, Gulyabaniler ve Cümle Yaratık
- Zürafa Fazi
- Sütün Yolculuğu

Kitap Kurtları İçin:
- Hayvanlar Âlemi - Doğadaki Dostlarımız
- Kuşlar Bize Neler Söyler?
- Tavşan Dağa Küserse, Kaplumbağa Koşarsa
- Pirenin Yorganı, Karıncanın Rüyası
- Eşek Dersem Çık, Keçi Dersem Kaç
- Kedinin Kanadı Olsa

Yasemin Özer
- Bir Gün Tavşan Kralken

Aysun Berktay Özmen
- Tavşan Çiko'nun Dileği
- Küçük Ressam ile Kral Salyangoz

Arslan Sayman
- Hazerfen'in İzinde - Gökyüzünde
- Balaban ile Şakrak - Bir Kuş Yuvası Masalı
- Bruni'nin Avlusu
- Barba ile Rabarba
- Piraye'nin Bir Günü

Sara Şahinkanat, Arslan Sayman
- Mevsimlere Güzelleme

Sara Şahinkanat
- Yavru Ahtapot Olmak Çok Zor
- Üç Kedi Bir Dilek
- Annemin Çantası

Fatıma Şerafeddin
- Ellerim
- Ayaklarım

Yalvaç Ural
- Bal Avcısı Küçük Piti
- İyi Geceler Bozi
- Küçük Ayının Uzun Yolculuğu
- Küçük Ayı ile Ahlat Ağacı

Gabrielle Vincent

Ayıcık ile Farecik'in Maceraları
- Ben Nereden Geldim - 1
- Ormandaki Kulübe - 2
- Bebecik Kayboldu - 3
- Amerika'dan Gelen Teyzecik - 4
- Yağmur Yağmıyormuş Oyunu - 5
- Yılbaşı Ağacı - 6

Helen Stratton Would
- Ay'ı Kim Çaldı